La tempestad

WILLIAM SHAKESPEARE

LA TEMPESTAD

Traducción y edición de Ángel-Luis Pujante

AUSTRAL

ESPASA

Obra editada en colaboración con Editorial Planeta - España

Título original: *The Tempest*

William Shakespeare

© 1997, 2007, Traducción y la edición: Ángel-Luis Pujante

© 2010, Espasa Libros, S. L. U. - Madrid, España

Derechos reservados

© 2023, Editorial Planeta Mexicana, S.A. de C.V.
Bajo el sello editorial AUSTRAL M.R.
Avenida Presidente Masarik núm. 111,
Piso 2, Polanco V Sección, Miguel Hidalgo
C.P. 11560, Ciudad de México
www.planetadelibros.com.mx

Diseño de la colección: Compañía

Primera edición impresa en España: 15-V-1997
Primera edición impresa en España en esta presentación: noviembre de 2010
ISBN: 978-84-670-3571-1

Primera edición impresa en México: marzo de 2023
ISBN: 978-607-07-9714-9

Impreso en los talleres de Impregráfica Digital, S.A. de C.V.
Av. Coyoacán 100-D, Valle Norte, Benito Juárez
Ciudad De Mexico, C.P. 03103
Impreso en México –*Printed in Mexico*

Biografía

William Shakespeare (Stratford-upon-Avon, Inglaterra, 1564–1616) dramaturgo y poeta inglés, es considerado uno de los más grandes escritores de todos los tiempos. Hijo de un comerciante de lanas, se casó muy joven con una mujer mayor que él, Anne Hathaway. Se trasladó a Londres, donde adquirió fama y popularidad en su trabajo; primero bajo la protección del conde de Southampton, y más adelante en la compañía de teatro de la que él mismo fue copropietario, Lord Chamberlain's Men, que más tarde se llamó King's Men, cuando Jacobo I la tomó bajo su mecenazgo. Su obra es un compendio de los sentimientos, el dolor y las ambiciones del alma humana, donde destaca la fantasía y el sentido poético de sus comedias, y el detalle realista y el tratamiento de los personajes en sus grandes tragedias. De entre sus títulos destacan *Hamlet*, *Romeo y Julieta*, *Otelo*, *El rey Lear*, *El sueño de una noche de verano*, *Antonio y Cleopatra*, *Julio César* y *La tempestad*. Las obras de Shakespeare siguen siendo leídas e interpretadas en todo el mundo, lo que demuestra la atemporalidad de los conflictos que retrata.

ÍNDICE

INTRODUCCIÓN

I

De manera semejante a *La flauta mágica,* LA TEMPESTAD nos parece un cuento maravilloso que encierra algún enigma. Sin embargo, mientras que las claves de la ópera de Mozart han podido elucidarse con bastante certeza, el significado de LA TEMPESTAD sigue siendo huidizo y problemático. Como *Hamlet,* da para todos los gustos y todas las interpretaciones: es alegórica, utópica, realista, romántica, neoclásica, ritualista, pastoril, mítica, y así sucesivamente. Para muchos, es el drama renacentista por excelencia y expresa admirablemente las ideas e inquietudes de su época: la relación entre arte y naturaleza, el papel de la ciencia y la magia, la influencia del neoplatonismo y el debate sobre el descubrimiento y la colonización del Nuevo Mundo. Para otros, es una tragicomedia sobre el amor, la libertad, el perdón y la reconciliación o la lucha por el poder.

LA TEMPESTAD también es comparable a *La flauta mágica* por pertenecer a la última etapa de su autor y ocupar un puesto preeminente en su producción artística[1]. Siendo, al parecer, la última obra de Shakespeare, es la que encabeza la edición de

---

[1] Véase al respecto Notas complementarias 1, págs. 135-136.

sus obras dramáticas de 1623 [2]. Se ha dicho que representa la culminación de todo un proceso creador, y en especial del que comprende las otras «divinas comedias» del dramaturgo *(Pericles, Cimbelino* y *El cuento de invierno)*. Al igual que ellas, LA TEMPESTAD demuestra el interés de su autor por la nueva tragicomedia de carácter romancesco, pero experimenta más que las anteriores los recursos teatrales del momento. Es tal vez la obra más musical de Shakespeare, y sus posibilidades escénicas no parecen agotarse. Cuento maravilloso, drama poético y proteico, LA TEMPESTAD es también una reflexión extrema sobre la naturaleza del teatro.

Parece que, poco antes de su muerte, Mozart aceptó componer una ópera sobre LA TEMPESTAD. Como observó al respecto un ilustre estudioso de Shakespeare, confiemos en poder oírla en el cielo [3].

II

Suele decirse que el argumento de LA TEMPESTAD es invención de Shakespeare, aunque se acepta que algunos de sus elementos proceden de ideas, escritos y temas un tanto diversos. Sin embargo, hay investigadores que opinan lo contrario y proponen distintas historias renacentistas como fuentes argumentales de la obra.

En España, Menéndez Pelayo y después Luis Astrana Marín, traductor de Shakespeare, destacaron resueltamente el parecido entre LA TEMPESTAD y uno de los cuentos recogidos en *Noches de invierno,* de Antonio Eslava (Pamplona, 1609). Según este relato, el rey Dardano de Bulgaria, sabio y mago, es

---

[2]   Publicada siete años después de la muerte del autor, se conoce entre los especialistas como «el primer infolio de Shakespeare». Sobre esta compilación y *La tempestad* como última obra del autor, véase Nota preliminar, pág. 35.

[3]   Stanley Wells en su «Shakespeare Without Sources». Para esta y otras referencias véase Bibliografía selecta, págs. 31-34.

expulsado de su reino por su enemigo Nicíforo, emperador de Grecia. Con su hija Serafina huye en una barca al Adriático, donde abre las aguas y baja «a los hondos suelos del mar, tomando puerto en un admirable palacio fabricado en aquellos hondos abismos». Dos años después, Serafina, «forzada de su natural», le pide a su padre que le dé marido. Dardano lleva a su palacio submarino al joven Valentiniano, hijo de Nicíforo, que se enamora de Serafina. Muerto primero el emperador y después su hijo menor Juliano, a quien Nicíforo había nombrado heredero en perjuicio de Valentiniano, Dardano lleva a Grecia a su hija y a su yerno, donde son proclamados emperadores. El anciano vive el resto de sus días retirado en un palacio construido sobre cinco naves del puerto.

Es cierto que LA TEMPESTAD presenta semejanzas con este farragoso cuento, pero también con *Espejo de príncipes y caballeros* (1562; traducido al inglés en 1578), de Diego Ortúñez de Calahorra. En este libro hay un mago que se retira del mundo con su hija y se dedica al estudio y la contemplación, no sin llevarse también un amante para su hija; una isla mágica gobernada por un hijo del diablo y de una bruja; un príncipe que acarrea leña; libros de magia y tempestades mágicas, etc.

Si seguimos buscando historias de este tenor, encontraremos también la obra teatral *Die schöne Sidea* [*La bella Sidea*], del alemán Jacob Ayrer (1540-1605). En ella hay un duque desterrado dedicado a la magia, un siervo diabólico, una hija que se enamora del hijo del enemigo de su padre e incluso una escena en que este joven tiene que cortar leña. Siguiendo en el teatro, también se cree que LA TEMPESTAD podría tener su origen en la *commedia dell'arte,* que Shakespeare por lo visto conocía. En algunos *canovacci* (guiones) sobre los que improvisaban los actores de la *commedia,* la acción transcurre en una isla encantada regida por un mago, a la que los personajes llegan tras un naufragio. Entre sus elementos hay espadas hechizadas, comida que desaparece y espíritus diversos, algunos invisibles. En algunos casos, los naturales de la isla tratan como dioses a los recién llegados, y en otros se busca la comicidad mediante el encuentro casual de unos personajes con otros a los que creían ahogados. Parece que también aquí hay elementos coincidentes con los de LA TEMPESTAD.

En este rastreo hay quien se remonta a *Dafnis y Cloe,* del griego Longo, prototipo de novela pastoril y, por lo visto, conocida por Shakespeare. El problema de estos relatos como posibles fuentes argumentales es que en todos ellos aparecen bastante dispersos los elementos que hallamos juntos en LA TEMPESTAD, sin que sea posible decidir cuál procede de cuál. Como a veces se ha apuntado, más que ante fuentes propiamente dichas, estamos ante un grupo de historias análogas que remiten a un sustrato mitológico o folclórico del que emanan cuentos maravillosos, relatos novelescos y crónicas históricas o pseudohistóricas [4] (la isla mágica, por ejemplo, es un antiguo tema del folclore y la literatura). Hay, pues, historias muy diversas anteriores a la obra de Shakespeare y semejantes a ella, pero no una fuente directa e integral.

En cualquier caso, la trama de LA TEMPESTAD es bastante más compleja y sugerente que sus análogas anteriores, y no sólo por su gran variedad de situaciones, personajes y estilos o por el esmerado desarrollo de su acción, sino especialmente por los diversos temas y elementos que la enriquecen. A este respecto, casi todos los estudiosos de la obra convienen en que su composición estuvo inspirada por sucesos y escritos del momento, sobre todo por un célebre naufragio acaecido en 1609.

Ese año zarpó de Inglaterra con rumbo a Virginia una flota que llevaba al nuevo gobernador de esa colonia. Los navíos fueron sorprendidos por un temporal junto a las Bermudas, y el buque insignia fue dado por perdido. El naufragio se podía atribuir fácilmente a poderes demoníacos, ya que a la Gran

---

[4] Cual es el caso de las historias de los legendarios rey Lear y el príncipe Hamlet, tal como aparecen en las crónicas. Véanse al respecto las introducciones a mis versiones de estas tragedias para la colección Austral de Espasa Calpe, núms. 268 y 350, págs. 9-10 y 13-14, respectivamente.

Bermuda se la llamaba la isla de los diablos, y los marinos la evitaban a todo trance. Un año después llegaron a la colonia dos barcos en los que viajaban el gobernador y sus compañeros, a quienes se creía ahogados. Resultó que los pasajeros del buque insignia, tras sobrevivir a la tormenta, habían estado viviendo en la isla desde entonces. Además de no hallar en ella diablo alguno, comprobaron que era un lugar fértil y paradisiaco donde no les faltó comida para alimentarse ni madera para construir las embarcaciones que los llevarían a Virginia.

La noticia no tardó en llegar a Inglaterra, y tanto el naufragio como las experiencias vividas en la isla se convirtieron en tema de conversación y materia de relatos. El más destacado fue una carta de William Strachey, de 1610, conocida como *A True Reportory of the Wrack* [*Verdadera relación del naufragio*]. Del mismo año fueron *Discovery of the Barmudas* [*Descubrimiento de las Bermudas*], de Sylvester Jourdan, y la *True Declaration of the estate of the Colonie of Virginia* [*Verdadera declaración del estado de la colonia de Virginia*], del Consejo de esta colonia.

Por uno u otro medio, parece que el suceso estimuló la imaginación de Shakespeare. Así, la narración del temporal que hace Strachey parece haber influido en la primera escena de LA TEMPESTAD y, en particular, la aparición del fuego de Santelmo, que debió de inspirar la intervención de Ariel en la tormenta[5]. De los relatos del naufragio, Shakespeare también parece haber tomado su tono moral y especialmente la ayuda de la divina providencia, que en LA TEMPESTAD es invocada por Gonzalo y expresada por Próspero cuando narra su milagrosa llegada a la isla.

Las citadas relaciones también hablan del contacto de los europeos con los indios y cuentan que tanto en las Bermudas como en la colonia hubo desórdenes y se formaron grupos se-

---

[5] Véase I.ii, págs. 52-53.

diciosos, uno de los cuales pretendía asesinar al gobernador y
adueñarse de la isla. En LA TEMPESTAD estos hechos tendrían
su proyección, por un lado, en los planes de Antonio y Sebastián, y, por otro, en los de Calibán, Trínculo y Esteban. Se ha
observado a este respecto que el final feliz de la obra es menos
reconfortante que el de las otras de la última época por influencia de estos relatos.

III

LA TEMPESTAD refleja las actitudes de su época ante hechos
insólitos o seres más o menos grotescos o fantásticos, tal como
podían leerse en tantos relatos de viajes y descubrimientos. Al
ver a las extrañas figuras que traen el banquete, Gonzalo duda
de que le crean en Nápoles si cuenta lo que ha visto. Y Sebastián dice al respecto que ya puede creer en el unicornio y el
ave fénix. En su vertiente picaresca, tanto Trínculo como Esteban, tras observar al «monstruo» Calibán, se imaginan el dinero que podrían ganar si se lo llevaran al mundo civilizado
para venderlo o exhibirlo.

Además, en LA TEMPESTAD se menciona el Ecuador y las
Bermudas; se dice que la madre de Calibán adoraba a Setebos
(un dios adorado por indios sudamericanos); Trínculo habla
de los que pagan por ver a un indio muerto; y Calibán caza al
«rápido tití» (en el original, *marmoset,* un mono americano).
El Nuevo Mundo se incorpora así a una acción que transcurre
en una isla mediterránea situada entre Nápoles y Túnez. Esta
coexistencia de elementos aparentemente dispares nos con-
duce a uno de los temas principales de la obra.

Se ha observado con acierto que muchos relatos sobre el
descubrimiento y colonización del continente americano están
planteados alegóricamente y que los sucesos que en ellos se
narran son comparados con otros más o menos arquetípicos de
la antigüedad clásica. Dos de los escritos antecitados sobre la
colonia de Virginia mencionan a Dido y Eneas como antiguos

colonizadores. En LA TEMPESTAD se nombra a ambos personajes a propósito de la travesía de Túnez a Nápoles de Alonso
y su séquito, aunque precisando que Dido era reina de Cartago, no de Túnez[6]. Puede que no sea más que una coinciden-
cia, pero tanto Cartago como Nápoles (Neápolis = nea polis)
significaban «ciudad nueva». Los cronistas eran, pues, cons-
cientes de que la colonización americana era una *repetición* de
otras colonizaciones y fundaciones acaecidas en la antigüedad. Shakespeare no parece haber pasado por alto este hecho,
especialmente lo que entraña: la posibilidad de organizar una
nueva comunidad, de crear otra sociedad con otros valores y,
desde luego, los obstáculos para crearla. En suma, más que el
Nuevo Mundo, uno de los temas de la obra sería «el mundo
nuevo».

Las fundaciones o colonizaciones también han entrañado
otro problema: el de la relación de los recién llegados con los
naturales del lugar; es decir, las perspectivas de convivencia o
sometimiento. En especial, a Shakespeare parece haberle inte-
resado el encuentro del «civilizado» con el «salvaje», repre-
sentados aquí por Próspero y Calibán, respectivamente. En su
historia cultural sobre Calibán, Alden y Virginia Vaughan ex-
plican las metamorfosis que ha experimentado este personaje
a través del teatro, la poesía, las artes plásticas y la crítica
hasta convertirse recientemente en emblema del indio coloni-
zado.

Indudablemente, Shakespeare se hace eco del debate de la
época sobre la colonización americana, y en este sentido LA
TEMPESTAD puede leerse como documento histórico del «dis-
curso colonialista». No obstante, desde un punto de vista artís-
tico la cuestión no es tan sencilla. Por lo pronto, Calibán tiene
poco de indio americano. Es cierto que su nombre parece ser
un anagrama de «caníbal» (es decir, «caribe», indígena de las
Antillas y América del Sur). Sin embargo, también se ha ob-

---

[6]   Véanse II.i, pág. 70 y Notas complementarias 4, págs. 137-138.

servado que puede proceder del romaní *cauliban,* que significa «negritud» (Próspero le llama «ser de tiniebla»). Respecto a su físico, en la obra sólo se dice que es deforme, feo y monstruoso, rasgos éstos que no se aplicaban a los indios. Su deformidad no se describe, y todo indica que tiene su origen en la magia negra de su madre, la bruja Sícorax.

Algo más perfilada parece su situación social y cultural (Calibán es esclavo y salvaje), pero, en conjunto, no es posible asignarle una identidad tan precisa como la que se pretende desde un punto de vista histórico o neohistoricista. Es cierto que entre Calibán y los indios del Nuevo Mundo hay alguna relación, pero cuál pueda ser ésta exactamente es una incógnita. De hecho, el «salvajismo» de Calibán es más universal que particular y, además, el personaje es enigmático y contradictorio: puede ser artero e infantil, cariñoso y vengativo, brutal y sensible, anárquico y servil. Imposible de visualizar exactamente, no es retrato de ninguna realidad, sino una creación poética con todas sus ambigüedades.

IV

Si entramos en la obra como pieza dramática, veremos que Calibán es significativo en un cuadro de oposiciones entre personajes. La principal de éstas es entre Calibán y Próspero: lo primario e instintivo frente a lo civilizado y racional. Calibán también contrasta con Miranda (ella es educable, él no lo es), con Fernando (éste reprime su sexualidad; él es incapaz de dominarla) y muy especialmente con Ariel (éste es delicado y dócil, y símbolo del aire; él es grosero y díscolo, y emblema de la tierra).

Sin embargo, no se trata aquí de antítesis simplistas. Próspero fue un gobernante irresponsable y, ahora que parece bienintencionado, se muestra severo y áspero. Calibán, que es brutal y vengativo, es tan ingenuo como para ponerse al servicio de Esteban, un botarate a quien toma por un dios. En

LA TEMPESTAD, el personaje realmente malvado es el civilizado Antonio, que al final no da señales de arrepentimiento. Calibán, en cambio, es consciente de su error y parece que escarmienta.

Se ha dicho que LA TEMPESTAD es un drama pastoril. Aunque en ello hay un fondo de verdad, la afirmación es demasiado general y requiere alguna precisión. Por lo pronto, la isla no aparece idealizada, y de la acción de la obra se deduce que no es un fin en sí mismo. Para el grupo del rey acaba siendo un laberinto y una fantasmagoría, y para Próspero, tan sólo un refugio temporal. Hay un amor, aparentemente pastoril, entre el príncipe Fernando y Miranda, pero ésta, aunque se crió en la isla, ha recibido una educación superior a la de muchos príncipes. Menos Calibán, un salvaje, y Ariel, un espíritu, al final todos regresan al mundo civilizado. Sin embargo, LA TEMPESTAD participa de una convención básica de la literatura pastoril: la oposición entre campo y corte, lo natural y lo civilizado, concebida por cortesanos y gente de ciudad. Es aquí donde un personaje como Calibán hace más patente un contraste que, como hemos visto, no carece de ironías ni de sorpresas.

En su edición de la obra, Frank Kermode deduce que el tema central de LA TEMPESTAD es el contraste entre arte y naturaleza. Por «arte» se puede entender todo esfuerzo humano, especialmente intelectual o espiritual, encaminado a superar los límites de la naturaleza. «Arte», por tanto, comprende logros como cultura, civilización, ciencia, educación o virtud. Próspero es el sabio entregado a un arte cuyo fin es el cultivo del espíritu y la mejora de la «naturaleza», representada aquí especialmente por Calibán. La inclusión de ideales como ética o virtud bajo el epígrafe de «arte» puede explicar la hostilidad de Próspero contra Calibán. Al principio, Próspero le trataba con afecto y aspiraba a educarle, pero le hizo su esclavo en cuanto Calibán quiso violar a su hija. El final feliz de la obra no puede ocultar el desengaño de Próspero, pues su «arte» no ha logrado mejorar a Calibán ni regenerar a su malvado hermano Antonio.

V

Próspero perdió Milán por consagrarse demasiado a sus estudios y confiar el gobierno del ducado a su traicionero hermano. El filósofo idealista es contrastado inicialmente con el político realista y sin escrúpulos. A este respecto, LA TEMPESTAD también versa sobre un tema muy frecuentado por Shakespeare: el poder, su conquista y su pérdida. Irónicamente, serán los libros de Próspero los que le permitan recobrar el ducado perdido y dotar al poder de unos valores éticos de los que carecía durante la usurpación de Antonio.

En Próspero podemos ver a un sabio neoplatónico, al estilo de un Ficino o un Pico della Mirandola, en sus esfuerzos por ascender a la contemplación de la belleza o a la apreciación de la verdad. De un modo más general, Próspero es también el humanista del Renacimiento preocupado por la singularidad del ser humano: ni ángel ni bestia, aunque capaz de lo más noble y lo más vil. En la práctica, Próspero acaba pareciéndose más a Cornelius Agrippa von Nettesheim, de formación platónica, quien, no obstante, aspiraba a conocer el secreto de la naturaleza a través de una filosofía mágica impregnada de motivos cabalísticos. Shakespeare también pudo hallar el modelo de Próspero en el doctor inglés John Dee (1527-1608), poseedor de una notable biblioteca de filosofía, ciencia y ocultismo (en la obra se destaca expresamente la importancia que los libros tienen para Próspero, y él mismo dice que su biblioteca era un gran ducado). Comoquiera que sea, Próspero, además de un filósofo contemplativo, es un mago activo entregado a un proyecto que constituye la acción principal de LA TEMPESTAD: invertir y superar los agravios infligidos por Antonio y Alonso doce años antes. La magia de Próspero es, por tanto, benéfica, y se opone a las artes diabólicas de Sícorax, madre de Calibán.

La fantasía y la magia de LA TEMPESTAD no fueron ninguna novedad en Shakespeare. Años antes, ambas tuvieron un papel destacado en obras como *El sueño de una noche de verano* o

Macbeth. Sin embargo, en sus últimos dramas la suspensión de las operaciones normales de la naturaleza se convierte en recurso esencial. *Pericles, Cimbelino, El cuento de invierno* y LA TEMPESTAD no sólo no eluden ni ocultan las improbabilidades de su historia, sino que se recrean en ellas. La acción está repleta de sucesos extraordinarios y los personajes suelen ser miembros de familias que se ven separadas en el tiempo y el espacio para, al final, reunirse felizmente. La presencia de lo maravilloso coexiste con un tono generalmente serio. La situación de partida presenta un mundo amenazado por el mal que experimentará una renovación, normalmente encarnada en una segunda generación que da esperanza a la primera. El final feliz se alcanza mediante alguna forma de perdón o reconciliación.

La crítica anglosajona suele llamar *romances* a estos últimos dramas de Shakespeare, sin duda por atenerse a la definición convencional inglesa de «narración que trata de personajes y sucesos alejados de la vida cotidiana»[7]. Sin embargo, el término no contenta a todos. Hay quien ha propuesto «comedias de perdón» o «comedias de expiación» (Hunter) o, desde otro punto de vista, «poemas simbólicos» (Traversi). Otro término alternativo ha sido el de «tragicomedias», y a este respecto no estará de más recordar la teoría de Tillyard: partiendo de la base de que la tragedia comprende tres fases (prosperidad, destrucción y regeneración) y, tras mostrar que la fase final apenas se vislumbra en las tragedias de Shakespeare, Tillyard concluye que son precisamente las últimas obras las que cierran el ciclo trágico. Como éstas suceden cronológicamente a las tragedias, la tesis final de Tillyard es que entre ambas series no hay solución de continuidad. Si es así, la pregunta que se impone es por qué Shakespeare dejó de

---

[7] Aunque hoy en desuso, una de las acepciones de «romance» en español es la de «novela o libro de caballerías», que fue la forma original del *romance* inglés. Las implicaciones de esta definición subsisten en el adjetivo «romancesco», sinónimo de «novelesco».

escribir tragedias y en su último periodo se dedicó exclusivamente a este género.

Dejando aparte explicaciones psicológicas o románticas, la
respuesta más probable puede hallarse en las circunstancias
teatrales del momento. Como hizo ver G. E. Bentley, en 1608
la compañía de Shakespeare empezó a utilizar el pequeño teatro londinense de Blackfriars, frecuentado por un público más
selecto que el del *Globe,* y contrató a dramaturgos como Jonson, Beaumont y Fletcher, que ya tenían experiencia en este
tipo de teatro. La nueva situación le ofrecía, pues, a Shakespeare la oportunidad de escribir para otro público y, sobre todo,
de atender a las tendencias más recientes. Precisamente fue
John Fletcher, con quien Shakespeare colaboró en sus últimos
años [8], el que más contribuyó a difundir la nueva «tragicomedia» defendida por Gian Battista Guarini. Para éste, la obra
dramática debía partir de una situación trágica o potencial-
mente trágica que, con la incorporación paulatina y armónica
de elementos de comedia, llevase a una conclusión feliz, a ser
posible con alguna sorpresa o giro inesperado. En sus aspectos
más generales, Shakespeare parece haber tenido en cuenta las
ideas de Guarini, pero, al menos en LA TEMPESTAD, prescinde
de ellas cuando no se ajustan a su plan.

VI

La acción de LA TEMPESTAD, centrada en el desenlace de
una historia que empezó doce años atrás, se atiene casi com-
pletamente a las unidades de lugar y tiempo. Exceptuando la
primera escena, los sucesos se desarrollan en la isla en menos
de cuatro horas. Este tratamiento, que Shakespeare sólo había
empleado en *La comedia de las equivocaciones,* contrasta sobre todo con el de las otras últimas obras. Así, la acción de *El*

---

[8]   Véase Nota preliminar, pág. 35, nota 2.

cuento de invierno, que se reparte entre países tan distantes como Sicilia y Bohemia, se inicia con el nacimiento de Perdita y concluye en el tiempo de su boda. Aunque no podemos saberlo a ciencia cierta, es posible que en LA TEMPESTAD Shakespeare quisiera ofrecer un procedimiento alternativo en historias que abarcan dos generaciones y, de paso, demostrar que era tan capaz como el que más de aplicar las reglas clásicas.

La unidad de acción está dirigida por Próspero, que actúa como mago-director de escena y se reserva el papel de protagonista. Tanto por su pasado como por su función de taumaturgo, Próspero se nos muestra como un personaje distanciado y solitario. Tras el «naufragio», ordena a Ariel dispersar a los viajeros en grupos independientes que, en dos casos, aumentarán su número. Dejando aparte a Ariel y sus espíritus sirvientes, veremos, por un lado, a Fernando y Miranda; por otro, al rey y su comitiva; y, por otro, a Calibán, Esteban y Trínculo. Todos ellos se reunirán en la escena final, en la que reaparecerán también los marineros, retenidos hasta entonces en el barco. Precisamente, uno de los efectos de esta dispersión ha sido el desconocimiento que cada grupo tiene de los otros y especialmente la creencia de que los demás han muerto ahogados.

El desarrollo de la acción no depende exclusivamente de la intriga, que aquí no es compleja. Fernando y Miranda se enamoran, y Próspero finge oponerse, cuando, en realidad, se alegra de su amor y después lo festeja. En cuanto a las tramas de Antonio y Sebastián, por una parte, y de Calibán, Esteban y Trínculo, por otra, cabría pensar que el poder de Próspero podría desbaratarlas sin dificultad. No es seguro que esta observación se cumpla en el teatro, y menos cuando el espectador no conoce el argumento, ya que ese poder no se manifiesta de una vez, sino gradual y acumulativamente. En cualquier caso, la supuesta falta de tensión se vería compensada por otros medios: LA TEMPESTAD se basa ostensiblemente en recursos escénicos, y cada una de estas tramas desemboca en alguna forma de espectáculo. En general, la obra se orienta hacia el asombro y la sorpresa, y en el texto no escasean términos como «maravilla», «prodigio», «asombroso», etc. Los incidentes se suceden en poco tiempo y todos ellos determinan la conducta de los personajes. Una y otra vez la ilusión se ofrece como realidad y se tiene la sensación de estar viviendo un sueño.

Si la acción se desarrolla en pocas horas, el paso del tiempo se nos recuerda constantemente. Por ejemplo, al principio Próspero observa que han pasado al menos dos horas desde el mediodía y que su plan tiene que estar realizado para las seis. Al comienzo del último acto, Próspero no tiene duda de que todo se está cumpliendo en el tiempo previsto. Así, de principio a fin se nos indica que la acción representada viene a durar el tiempo invertido en la representación. Además, a una trama tan compacta contribuye su lenguaje escueto y aun lacónico. Como es habitual en Shakespeare, LA TEMPESTAD ofrece una amplia variedad de estilos, desde la formalidad del verso en la mascarada del cuarto acto hasta la prosa cómica de Trínculo y Esteban. En general, el verso es flexible y elocuente, con momentos de gran poesía, pero, como observa Anne Barton, a veces su elocuencia reside más en lo que calla que en lo que dice[9].

VII

La primera escena, que inspira el título de la obra, es teatralmente una de las más vigorosas de Shakespeare. Se nos impone su realismo, reforzado por el vocabulario náutico empleado y por detalles como la acotación escénica *«Entran los marineros, mojados»*. El grave peligro que se cierne sobre el barco se evidencia en la actitud del contramaestre, a quien no le importa que uno de los pasajeros sea el rey porque tampoco

---

[9]   Me refiero al original inglés de Shakespeare. Sobre la traducción véase Nota preliminar, especialmente págs. 36-37.

la tormenta le va a guardar respeto. Ni la brevedad ni el tumulto de la escena impiden que ya empiecen a perfilarse algunos personajes. El dignatario Gonzalo es verboso y se permite una broma de humor negro a propósito del contramaestre. Antonio y Sebastián son desagradables e insultantes.

La primera de las muchas sorpresas de la obra no se hace esperar. En la siguiente escena nos enteramos de que los pasajeros no han sufrido el menor daño y de que todo ha sido un espectáculo inofensivo planeado por un mago y ejecutado por un espíritu a su servicio. Esta larga escena contrasta fuertemente con la anterior por su menor dramatismo. La narración con que se inicia podría considerarse dramática en la medida en que va desgranando las desventuras de Próspero y sus conflictos con Alonso y Antonio, y porque, como a veces se ha observado, la tortuosidad del relato hace pensar en el dolor que Próspero revive. Sin embargo, el hecho de que el narrador se interrumpa varias veces exigiendo atención a Miranda (es decir, a los espectadores) también indica que Shakespeare, consciente de los riesgos que corría, estaba intentando aminorarlos.

La historia previa del derrocamiento de Próspero y la usurpación de su ducado se despliega en unos doscientos versos, a los que siguen otros tantos destinados a informar de la nueva vida en la isla y de la relación de Próspero con sus otros habitantes. Aunque continúa el procedimiento narrativo, ahora la información se nos transmite de manera bastante más dramática. Próspero nos cuenta la historia de Ariel, Sícorax y Calibán en respuesta a lo que entiende como deslealtad o ingratitud de Ariel, exponiendo así un posible conflicto con su sirviente. Con Calibán se sigue el mismo método, lo que, teniendo en cuenta la hostilidad entre él y su amo, da a la narración aún más dramatismo.

La escena concluye con la entrada de Fernando, que es el primero de los pasajeros que experimenta la magia de la isla. Próspero le hará encontrarse con su hija y, aunque no pueda hacer que se enamoren, ellos se enamoran de inmediato. Al acusarle de usurpación, Próspero revela su preocupación por lo que constituye otro de los temas de la obra, que pronto volverá a manifestarse [10]. Cariñoso con su hija, su aparente conflicto con Fernando confirma una aspereza que, como otros rasgos de su carácter y conducta, resulta enigmática. De la acción podría deducirse que es su obsesión por el daño sufrido lo que lleva a Próspero a este rigor, pero lo cierto es que el texto no lo explica.

VIII

La aflicción de Alonso por la supuesta pérdida de su hijo Fernando sería el primer paso para despertar en él una conciencia de culpa y llevarle a su arrepentimiento. Entre tanto, Antonio consigue arteramente despertar la ambición de Sebastián y persuadirle de que alcance la corona matando a su hermano Alonso mientras duerme. La intervención de Ariel frustra su plan, pero, como veremos más adelante, no logra cambiar sus intenciones. Aunque el texto no lo dice, se puede suponer que Ariel actúa aquí por orden de Próspero para poner a prueba al grupo.

Es precisamente en esta escena (II.i) cuando, intentando consolar al rey, Gonzalo se imagina su Estado utópico, semejante a una nueva e inocente Edad de Oro en la que no faltaría de nada para nadie. El parlamento de Gonzalo sigue a un diálogo en el que, recordando la travesía del navío real, se menciona a Dido y Eneas. En todo este pasaje confluyen, como ya se dijo antes, distintos aspectos de las fundaciones y colonizaciones. Las palabras de Gonzalo, basadas en un ensayo de Montaigne sobre los indios [11], apuntan al motivo de la *repetición* que toda nueva colonia lleva consigo y a la oportunidad de iniciar una nueva vida con nuevos valores. El comentario

---

[10]   Además, no olvidemos que, para Calibán, Próspero es el usurpador de *su isla*.

[11]   Véanse II.i, pág. 74 y nota 19.

implícito de Shakespeare no es nada optimista: aparte de que Alonso no está para utopías, Antonio no sólo se burla de Gonzalo sin piedad, sino que aprovecha la oportunidad de la nueva situación para promover una intriga contra el rey semejante a la urdida en Milán años atrás contra su hermano Próspero. Lo que *se repite* es la usurpación: la maldad, encarnada en Antonio, no duerme ni descansa.

La escena siguiente puede considerarse un paralelo grotesco de la anterior. El cómico encuentro entre Calibán, Esteban y Trínculo llevará a una intriga contra Próspero. El lenguaje que aprendió Calibán no sólo le sirve para maldecir, sino también para persuadir a los otros dos de su proyecto, como Antonio ha tentado a Sebastián. La ironía está en que Calibán toma a «un pobre borracho» por un dios y se pone a su servicio abyectamente. No parece, por tanto, que Calibán quiera ser libre como lo desea Ariel: matar a su amo será para él servir a otro. El texto no dice si el grupo se ha formado espontáneamente o si Próspero ha reunido a estos personajes para probar a Calibán. En cualquier caso, el trío no puede ser más estrafalario, y el propio Trínculo comentará más adelante: «Como los otros dos [Próspero y Miranda] tengan nuestras luces, el país se tambalea».

IX

En el grupo de Calibán continúa el embriagamiento y en II.ii la situación alcanzará su momento más grotesco. La ironía se hace ahora más patente en la divergencia entre lo que es y representa el borracho Esteban y lo que Calibán ingenuamente cree que puede hacer. Más que antes, en la escena se contrasta la prosa cómica de Trínculo y Esteban con el verso de Calibán y, dentro de éste, la brutalidad de Calibán sugiriendo la manera de matar a Próspero con su delicada respuesta a la música de la isla (uno de los momentos más líricos de la obra).

Por otro lado, la pareja Fernando-Miranda está ahora más unida en su amor. Sometido a prueba por Próspero, Fernando acepta su servidumbre de buen grado, pero Miranda se opone a ella y trata de ayudarle. Dicho con otras palabras, Miranda desobedece a su padre y se pone del lado de su amado. La escena es presenciada a distancia por Próspero, quien no sólo no estorba el encuentro amoroso, sino que se alegra vivamente de la felicidad de su hija.

En cuanto al grupo del rey, la siguiente experiencia será un paso decisivo en el viaje espiritual de Alonso. La comitiva ha buscado a Fernando inútilmente, y el laberinto en que creen hallarse es tan material como moral. Es ahora cuando aparece el primero de los tres espectáculos de Próspero: un banquete sumamente tentador que, tras desaparecer, da paso a la acusación de Ariel disfrazado de arpía por el agravio cometido contra Próspero años atrás. Es también ahora cuando vemos más claramente la confusión de ilusión y realidad, de sueño y vigilia (que es otro de los temas de la obra) e incluso la relatividad de la experiencia según los estados de conciencia de los distintos personajes.

La acusación puede interpretarse en términos cristianos (así parece indicarlo su vocabulario) y, por tanto, como una oportunidad de arrepentimiento que Próspero da a los pecadores. Al final vemos que la inculpación ha hecho mella en Alonso, no ha afectado moralmente a Antonio ni a Sebastián y, aunque Gonzalo no la ha oído, se ha dado perfecta cuenta de la culpa de los tres.

X

Tal vez porque ahora se ve dueño seguro de la situación, al comienzo del cuarto acto Próspero ya ha liberado a Fernando de su prueba, se complace en la unión de éste con Miranda y decide festejar el amor de la pareja con una celebración del matrimonio y la fertilidad.

La mascarada que organiza Próspero corresponde al tipo de funciones que se habían puesto muy de moda en Inglaterra a comienzos del XVII. De hecho, no eran ninguna novedad, pero la colaboración de Inigo Jones y Ben Jonson en aquellos años dio un gran impulso a estos espectáculos mitológicos, simbólicos, estilizados y ricos en música, danza y aparato escénico. Al parecer, en la mascarada de LA TEMPESTAD se cantaba el diálogo o buena parte de él, y así suele hacerse en las representaciones modernas. Este espectáculo es una variante del teatro en el teatro, con la particularidad de que, en el marco de la obra, son espíritus los que lo representan. Como dice Tillyard, lo que ve el espectador son actores que hacen de espíritus que hacen de actores que hacen de diosas.

Este espectáculo de Próspero lleva hasta el límite la confusión entre apariencia y realidad, formulada esta vez de manera explícita y elocuente. Tras interrumpir bruscamente la función, Próspero equipara en su famoso parlamento la vida real con la ilusión teatral, anulando así la convencional distancia entre realidad e irrealidad que constituye el privilegio del público. Al afirmar que el mundo real se disipará cual la obra sin cimientos de su fantasía, Próspero expresa la impermanencia y aun la irrealidad del mundo, ya que, según él, somos «de la misma / sustancia que los sueños, y nuestra breve vida / culmina en un dormir». Su poderosa metáfora es la declaración más extrema de Shakespeare sobre la relación de la vida y el arte.

La interrupción de la mascarada es otra de las incógnitas de la obra. ¿Por qué la interrumpe Próspero y por qué se excita tanto? La razón aparente es su preocupación por la intriga de Calibán contra su vida. Si es así, su reacción parece desmesurada, pues su magia y la ayuda de Ariel son más que suficientes para impedirla. En todo caso, conviene recordar que la mascarada celebra a Ceres, diosa de la agricultura, y que en ella se alude al mito de su hija Proserpina, que fue raptada por Plutón. Venus y Cupido, urdidores del rapto, también tramaban «un ardiente hechizo» contra Fernando y Miranda antes de su boda, pero, según Iris, han partido y no pueden hacer daño.

Estas referencias nos recuerdan una vez más la importancia que la virginidad de Miranda tiene para su padre. Como apunta Orgel, mientras ella siga siendo virgen, podrá ser la esposa del hombre que Próspero ha escogido como parte decisiva de su plan. Acaso sean estas alusiones las que, a su vez, hacen recordar a Próspero que Calibán intentó violar a su hija y que ahora se dirige contra él. Sin embargo, el texto calla los motivos.

XI

Próximo a la conclusión, Próspero traza un círculo mágico y, tras invocar a los espíritus y recordar sus grandes poderes en un famoso parlamento, anuncia su intención de abandonar la magia. Poco antes había declarado expresamente su compasión y su propósito de no vengarse de sus enemigos. Como él mismo dice, la senda de su plan no ha de seguir con la ira si ellos se han arrepentido: Próspero abandonará la magia porque ha renunciado a la venganza.

Ahora bien, si el plan de Próspero ha triunfado con Alonso, parece haber fracasado con su hermano Antonio, que no se ha arrepentido. Aquí cabe preguntarse si Próspero sólo aspiraba al arrepentimiento de sus enemigos o pretendía algo más. Recordemos sus palabras de perdón a Antonio:

> A ti, ser perverso, a quien llamar hermano
> infectaría mi lengua, te perdono
> tu peor maldad, todas ellas, y te exijo
> mi ducado, que por fuerza
> habrás de devolverme.

Los que interpretan LA TEMPESTAD como alegoría cristiana no pueden apoyarse en estos versos. Como a veces se ha observado, las palabras de Próspero no pueden tomarse como un verdadero perdón. Es cierto que, a diferencia de Alonso, Antonio no hace el menor gesto de arrepentimiento, pero Próspero tampoco se lo pide. Lo que hace es *imponerle la restitución del ducado,* tras advertirle que puede acusarle de haber atentado contra Alonso.

Si atendemos a los resultados obtenidos, parece que el plan de Próspero iba más allá del arrepentimiento de sus enemigos. El matrimonio de Fernando y Miranda permitirá la unión de Nápoles y Milán y, por tanto, la superación del pasado, pero también hará posible la neutralización de Antonio. Con todo, la victoria de Próspero no puede ocultar su tristeza por la contumacia de su hermano. Aunque LA TEMPESTAD también trate del poder y ahora podamos ver en Próspero al político práctico, su vena moral trasciende esta impresión. Cuando, en la feliz reunión de los personajes principales, Miranda se entusiasme ante el «gran mundo nuevo» que ve por vez primera, Próspero comentará que ese «mundo» es nuevo *para ella.*

En su epílogo de *El sueño de una noche de verano,* el duende Robín recuerda al público que la obra no ha sido más que un sueño, distinguiendo así la ficción de la realidad. En LA TEMPESTAD, Próspero pronuncia un epílogo único en Shakespeare, en el que se declara personaje de ficción y no pide el aplauso del público como actor, sino como Próspero. Como ha visto Anne Barton, Próspero no se sale de la ilusión de la obra y funde niveles de realidad que generalmente son distintos. No dice que su mundo imaginario haya terminado con la obra; antes bien, quiere que el aliento de los espectadores hinche sus velas y le lleve a su ducado. De este modo, la comedia no se cierra y acaba integrándose en la realidad. El mago ha renunciado a sus poderes, pero aún puede ejercerlos con su público. Al fin y al cabo, si «somos de la misma sustancia que los sueños», ficción y realidad, teatro y vida serán uno y lo mismo. A veces se ha visto en este epílogo al propio Shakespeare despidiéndose de su arte. Si no fuera verdad, debería serlo, pues LA TEMPESTAD es su última palabra sobre la magia del teatro.

ÁNGEL-LUIS PUJANTE

BIBLIOGRAFÍA SELECTA

EDICIONES

The First Folio of Shakespeare, 1623 (The Norton Facsimile prepared by C. Hinman, New York, 1968).

Ed. H. H. FURNESS (New Variorum Edition), Philadelphia & London, 1892.

Ed. F. KERMODE (The New Arden Shakespeare), London, 1954.

Ed. R. LANGBAUM (The Signet Classic Shakespeare), New York, 1964.

Ed. A. (BARTON) RIGHTER (The New Penguin Shakespeare), Harmondsworth, 1968.

Gen. eds. S. WELLS & G. TAYLOR, *The Complete Works,* Oxford, 1986.

Ed. S. ORGEL (The Oxford Shakespeare), Oxford, 1987.

Ed. B. MOWAT & P. WERSTINE (The New Folger Library Shakespeare), New York, 1994.

ESTUDIOS

AUDEN, W. H., «The Sea and the Mirror: A Commentary on Shakespeare's *The Tempest*», en su *The Collected Poetry.* New York, 1945.

ABRAMS, R., «*The Tempest* and the Concept of the Ma-
chiavellian Playwright», *English Literary Renaissance*, 8,
1978, págs. 43-66.

BENTLEY, G. E., «Shakespeare and the Blackfriars Theatre»,
Shakespeare Survey, 1, 1948, págs. 40-49.

BERGER, H., Jr., «Miraculous Harp: A Reading of Shakespeare's
Tempest», *Shakespeare Studies*, V, 1969, págs. 253-283.

BREIGHT, C., «"Treason doth never prosper": *The Tempest* and
the Discourse of Treason», *Shakespeare Quarterly*, 41,
1990, págs. 1-28.

BROCKBRANK, P., «"The Tempest": Conventions of Art and
Empire», en J. R. Brown & B. Harris (eds.), *Later Shakespeare* (Stratford-upon-Avon Studies, 8). London, 1966.

BROWN, J. R., *Shakespeare. The Tempest*. London, 1969.

BROWN, P., «"This thing of darkness I acknowledge mine":
The Tempest and the discourse of colonialism», en J. Dolli-
more & A. Sinfield (eds.), *Political Shakespeare: New essays in cultural materialism*. Manchester, 1985.

CARTELLI, T., «Prospero in Africa: *The Tempest* as colonialist
text and pretext», en J. E. Howard & M. F. O'Connor (eds.),
Shakespeare Reproduced: The text in history and ideology.
London, 1987.

CLARK, S., *Shakespeare. The Tempest*. Harmondsworth, 1988.

DANIELL, D., *The Tempest* (The Critics Debate). London,
1989.

FELPERIN, H., *Shakespearean Romance*. Princeton, 1972.

FIEDLER, L., *The Stranger in Shakespeare*. London, 1973.

FREY, C., «*The Tempest* and the New World», *Shakespeare
Quarterly*, xxx, 1, 1979, págs. 29-41.

GRANT, P., «The Magic of Charity: A Background to Prospero», *The Review of English Studies*, n. s., xxvii, 105, 1976,
págs. 1-16.

GREENBLATT, S., «"Learning to Curse": Aspects of Linguistic
Colonialism in the Sixteenth Century», en su *Learning to
Curse: Essays in Early Modern Culture*. New York & Lon-
don, 1990.

HILLMAN, R., «*The Tempest* as Romance and Anti-Romance», *University of Toronto Quarterly,* 55, 2, Winter 1985-86, págs. 141-160.

HIRST, D. L., *The Tempest. Text and Performance.* London, 1984.

HOLLAND, N., *The Shakespearean Imagination.* New York, 1964.

HUNTER, R. G., *Shakespeare and the Comedy of Forgiveness.* New York & London, 1965.

JAMES, D. G., *The Dream of Prospero.* Oxford, 1967.

KNIGHT, G. Wilson, *The Shakespearean Tempest.* New York & London, 1932.

—, *The Crown of Life: Essays in Interpretation of Shakespeare's Final Plays.* London, 1947.

KNIGHTS, L. C., «*The Tempest*», en R. C. Tobias & P. G. Zolbrod (eds.), *Shakespeare's Late Plays.* Athens, Ohio, 1974.

LEECH, C., «The Structure of the Last Plays», *Shakespeare Survey,* 11, 1958, págs. 19-30.

LEVIN, H., «Two Magian Comedies, *The Tempest* and *The Alchemist*», *Shakespeare Survey,* 22, 1969, págs. 47-58.

MATEO, L., «Los Romances», en Depart. de Inglés UNED, *Encuentros con Shakespeare.* Madrid, 1985.

MIOLA, R. S., *Shakespeare and Classical Comedy.* Oxford, 1994.

MOWAT, B., «Prospero, Agrippa, and Hocus Pocus», *English Literary Renaissance,* 11, 1981, págs. 281-303.

NOSWORTHY, J. M., «Music and its Function in the Romances of Shakespeare», *Shakespeare Survey,* 11, 1958, págs. 60-69.

ORGEL, S., *The Illusion of Power: Political Theatre in the English Renaissance.* Berkeley & London, 1975.

PALMER, D. J. (ed.), *Shakespeare: The Tempest.* London, 1968.

PÉREZ GÁLLEGO, C., *El testamento de Shakespeare: The Tempest.* Valencia, 1979.

PETERSON, D. L., *Time, Tide and Tempest: A Study of Shakespeare's Romances.* San Marino, 1973.

SIMONDS, P. Muñoz, «"Sweet Power of Music": The Political Magic of "the Miraculous Harp" in Shakespeare's *The Tempest*», *Comparative Drama,* 29, 1995, págs. 61-90.

SISSON, C. J., «The Magic of Prospero», *Shakespeare Survey,* 11, 1958, págs. 70-77.

SKURA, M. A., «Discourse and the Individual: The Case of Colonialism in *The Tempest*», *Shakespeare Quarterly,* 40, 1, 1989, págs. 42-69.

SPENCER, T., «Appearance and Reality in Shakespeare's Last Plays», *Modern Philology,* XXXIX, 1942, págs. 265-274.

STILL, C., *The Timeless Theme.* London, 1936.

STOLL, E. E., *«The Tempest», P.M.L.A.,* 47, 3, 1932, págs. 699-726.

TILLYARD, E. M. W., *Shakespeare's Last Plays.* London, 1938.

TRAVERSI, D., *Shakespeare: The Last Phase.* London, 1954.

VAUGHAN, A. T. & V. MASON, *Shakespeare's Caliban: A Cultural History.* Cambridge, 1991.

WELLS, S., «Shakespeare and Romance», en J. R. Brown & B. Harris (eds.), *Later Shakespeare* (Stratford-upon-Avon Studies, 8). London, 1966.

— , «Shakespeare Without Sources», en M. Bradbury & D. J. Palmer (eds.), *Shakespearean Comedy* (Stratford-upon-Avon Studies, 14). London, 1972.

WILLIAM, D., *«The Tempest* on the Stage», en J. R. Brown & B. Harris (eds.), *Jacobean Theatre* (Stratford-upon-Avon Studies, 1). London, 1960.

YOUNG, D., *The Heart's Forest: A Study of Shakespeare's Pastoral Plays.* New Haven, 1972.

NOTA PRELIMINAR

El texto inglés de LA TEMPESTAD se publicó por vez primera en 1623 con el título de *The Tempest* en el llamado «primer infolio de Shakespeare», en que figura como primera obra[1]. Aunque con algunos escollos aún no resueltos, es uno de los textos más claros de Shakespeare, y en él ya figura la división en actos y escenas. Se estima que la obra fue escrita entre la segunda mitad de 1610 y la primera de 1611, pues consta que se representó en la corte en noviembre de 1611. Esta representación pudo ser su estreno, aunque tampoco es imposible que se estrenase semanas o meses antes en el teatro de Blackfriars o en el *Globe* (la tormenta, la mascarada o la aparición de Ariel requieren una mecánica escénica compleja, más propia de un teatro público que de un salón en la corte). Los especialistas suelen convenir en que es la última obra de Shakespeare[2], si bien nada impide que la última fuera *El cuento de invierno*.

La presente traducción se basa principalmente en el texto del infolio, pero acepta lecturas y enmiendas de ediciones posteriores (véanse las ediciones utilizadas en la Bibliografía selecta).

*

---

[1]   Véase al respecto Introducción, págs. 9-10 y nota 2.

[2]   Entiéndase obra completa: después de *La tempestad,* Shakespeare colaboró con John Fletcher en *Enrique VIII, Los dos nobles parientes* [*The Two Noble Kinsmen*] y, al parecer, en la perdida *Historia de Cardenio,* basada en un episodio del *Quijote.*

La disposición del texto traducido intenta sugerir la senci-
llez del original. Se añaden muy pocas acotaciones escénicas
(las que aparecen entre corchetes), todas ellas de uso común
en las ediciones inglesas modernas (que incorporan bastantes
más) y avaladas por el contexto o la tradición teatral. El punto
y raya que a veces aparece en el diálogo intenta aclarar, sin
necesidad de incorporar más acotaciones, lo que generalmente
es un cambio de interlocutor. No se destaca tipográficamente la
división escénica ni se dejan grandes huecos entre escenas y,
como en las ediciones de la época, se omite la localización[3].
En efecto, el espacio escénico del teatro de Shakespeare era
abierto y carecía de la escenografía realista de épocas posteriores. El «lugar» de la acción venía indicado o sugerido por el
texto y el actor, y, al parecer, la obra se representaba sin interrupción.

                                    *

Como mis otras traducciones de Shakespeare para Espasa
Calpe, esta versión de LA TEMPESTAD aspira a ser fiel a la naturaleza dramática de las obras, a la lengua del autor y al
idioma del lector[4]. Siguiendo el original, distingo el medio
expresivo (prosa, verso y rimas ocasionales) y trato de sugerir
la variedad estilística del autor. He traducido como tales las
canciones, ajustando la letra en castellano a la partitura original (melodía, ritmo y compases; véase Apéndice) o teniendo en
cuenta diversas versiones musicales cuando la original no se
conservaba. En cuanto al verso suelto no rimado del original,

---

[3]   Excepcionalmente, el texto original indica la localización general de
la obra («Una isla deshabitada»: véase Dramatis personae, pág. 40), pero no la
particular de cada escena.
[4]   El tema de este párrafo lo he tratado por extenso en mi trabajo «Tradu-
cir el teatro isabelino, especialmente Shakespeare», en *Cuadernos de Teatro
Clásico,* núm. 4, Madrid, 1989, págs. 133-57, y más sucintamente en «Tra-
ducir Shakespeare: mis tres fidelidades», en *Vasos comunicantes,* 5, Madrid,
Otoño 1995, págs. 11-21.

lo pongo en verso libre por parecerme el medio más idóneo, ya que permite trasladar el sentido sin desatender los recursos estilísticos ni prescindir de la andadura rítmica.

*

Quisiera expresar mi agradecimiento a cuantos, de un modo u otro, me han ayudado a preparar esta edición, y en especial a Veronica Maher, Keith Gregor, Gary Smith, Mariano de Paco, Eloy Sánchez Rosillo, Pedro García Montalvo y Javier Artigas. A todos ellos, mi gratitud más sincera.

A.-L. P.

LA TEMPESTAD

DRAMATIS PERSONAE *

ALONSO, rey de Nápoles
SEBASTIÁN, su hermano
PRÓSPERO, el legítimo Duque de Milán
ANTONIO, su hermano, usurpador del ducado de Milán
FERNANDO, hijo del rey de Nápoles
GONZALO, viejo y honrado consejero
ADRIÁN
FRANCISCO } nobles
CALIBÁN, esclavo salvaje y deforme
TRÍNCULO, bufón
ESTEBAN, despensero borracho
El CAPITÁN del barco
El CONTRAMAESTRE
MARINEROS
MIRANDA, hija de Próspero
ARIEL, espíritu del aire
IRIS
CERES
JUNO } espíritus
Ninfas
Segadores

Escena: una isla deshabitada

---

* Tanto la relación de personajes como la localización escénica se atienen a la lista que figura al final del texto original de 1623 (véase Nota preliminar, págs. 35-36).

LA TEMPESTAD

I.i   *Se oye un fragor de tormenta, con rayos y truenos. Entran un* CAPITÁN *y un* CONTRAMAESTRE.

CAPITÁN
¡Contramaestre!
CONTRAMAESTRE
¡Aquí, capitán! ¿Todo bien?
CAPITÁN
¡Amigo, llama a la marinería! ¡Date prisa o encallamos!
¡Corre, corre!

Sale.
Entran los MARINEROS.

CONTRAMAESTRE
¡Ánimo, muchachos! ¡Vamos, valor, muchachos! ¡Deprisa, deprisa! ¡Arriad la gavia! ¡Y atentos al silbato del capitán! — ¡Vientos, mientras haya mar abierta, reventad soplando![1]

Entran ALONSO, SEBASTIÁN, ANTONIO, FERNANDO, GONZALO *y otros.*

---

[1]   Sobre el efecto de la tormenta y las maniobras que se disponen en esta escena, véase Notas complementarias 2, págs. 136-137.

ALONSO

Con cuidado, amigo. ¿Dónde está el capitán? — [*A los* MA-
RINEROS] ¡Portaos como hombres!

CONTRAMAESTRE

Os lo ruego, quedaos abajo.

ANTONIO

Contramaestre, ¿y el capitán?

CONTRAMAESTRE

¿No le oís? Estáis estorbando. Volved al camarote. Ayudáis
a la tormenta.

GONZALO

Cálmate, amigo.

CONTRAMAESTRE

Cuando se calme la mar. ¡Fuera! ¿Qué le importa el título de
rey al fiero oleaje? ¡Al camarote, silencio! ¡No molestéis!

GONZALO

Amigo, recuerda a quién llevas a bordo.

CONTRAMAESTRE

A nadie a quien quiera más que a mí. Vos sois consejero: si
podéis acallar los elementos y devolvernos la bonanza, no mo-
veremos más cabos. Imponed vuestra autoridad. Si no podéis,
dad gracias por haber vivido tanto y, por si acaso, preparaos
para cualquier desgracia en vuestro camarote. — ¡Ánimo,
muchachos! — ¡Quitaos de enmedio, vamos!

    Sale.

GONZALO

Este tipo me da ánimos. Con ese aire patibulario, no creo que
naciera para ahogarse. Buen Destino, persiste en ahorcarle, y
que la soga que le espera sea nuestra amarra, pues la nuestra
no nos sirve. Si no nació para la horca, estamos perdidos [2].

---

[2]   Gonzalo alude a un dicho inglés de la época, según el cual quien ha nacido para la horca nunca se ahogará.

Salen.
Entra el CONTRAMAESTRE.

CONTRAMAESTRE
¡Calad el mastelero! ¡Rápido! ¡Más abajo, más abajo! ¡Capead con la mayor!

Gritos dentro.

¡Malditos lamentos! ¡Se oyen más que la tormenta o nuestro ruido!

Entran SEBASTIÁN, ANTONIO *y* GONZALO.

¿Otra vez? ¿Qué hacéis aquí? ¿Lo dejamos todo y nos ahogamos? ¿Queréis que nos hundamos?
SEBASTIÁN
¡Mala peste a tu lengua, perro gritón, blasfemo, desalmado!
CONTRAMAESTRE
Entonces trabajad vos.
ANTONIO
¡Que te cuelguen, perro cabrón, escandaloso, insolente! Tenemos menos miedo que tú de ahogarnos.
GONZALO
Seguro que él no se ahoga, aunque el barco fuera una cáscara de nuez e hiciera aguas como una incontinente.
CONTRAMAESTRE
¡Ceñid el viento, ceñid! ¡Ahora con las dos velas! ¡Mar adentro, mar adentro!

Entran los MARINEROS, *mojados.*

MARINEROS
¡Es el fin! ¡A rezar, a rezar! ¡Es el fin!

[*Salen.*]

CONTRAMAESTRE
   ¿Vamos a quedar secos?[3].
GONZALO
   ¡El rey y el príncipe rezan! Vamos con ellos:
   nuestra suerte es la suya.
SEBASTIÁN
   Estoy indignado.
ANTONIO
   Estos borrachos nos roban la vida.
   ¡Y este infame bocazas...! — ¡A la horca,
   y que te aneguen diez mareas![4].

[Sale el CONTRAMAESTRE.*]*

GONZALO
   Irá a la horca, por más que lo desmienta
   cada gota de agua y se abra el mar
   para tragárselo.

Clamor confuso dentro.

[VOCES]
   ¡Misericordia! ¡Naufragamos, naufragamos! ¡Adiós, mujer,
   hijos! ¡Adiós, hermano! ¡Naufragamos, naufragamos!
ANTONIO
   Hundámonos con el rey.
SEBASTIÁN
   Vamos a decirle adiós.

Sale [*con* ANTONIO].

---

   [3]   Se supone que aquí el contramaestre se echa un trago, lo que explicaría
las reacciones de Sebastián y Antonio en los versos que siguen.
   [4]   A los piratas se les ahorcaba a la orilla del mar, donde permanecían
hasta ser anegados por tres mareas.

GONZALO

Ahora daría yo mil acres de mar por un trozo de páramo,
con brezos, matorrales, lo que sea. Hágase la voluntad de
Dios, pero yo preferiría morir en seco.

Sale.

I.ii   *Entran* PRÓSPERO y MIRANDA.

MIRANDA

Si con tu magia, amado padre, has levantado
este fiero oleaje, calma las aguas.
Parece que las nubes quieren arrojar
fétida brea, y que el mar, por extinguirla,
sube al cielo. ¡Ah, cómo he sufrido
con los que he visto sufrir! ¡Una hermosa nave,
que sin duda llevaba gente noble,
hecha pedazos! ¡Ah, sus clamores
me herían el corazón! Pobres almas, perecieron.
Si yo hubiera sido algún dios poderoso,
habría hundido el mar en la tierra
antes que permitir que se tragase
ese buen barco con su carga de almas.

PRÓSPERO

Serénate. Cese tu espanto.
Dile a tu apenado corazón
que no ha habido ningún mal.

MIRANDA

¡Ah, desgracia!

PRÓSPERO

No ha habido mal. Yo sólo he obrado
por tu bien, querida mía, por tu bien, hija,
que ignoras quién eres y nada sabes
de mi origen, ni que soy bastante más

que Próspero, morador de pobre cueva
y humilde padre tuyo.

MIRANDA

De saber más
nunca tuve pensamiento.

PRÓSPERO

Hora es de que te informe. Ayúdame
a quitarme el manto mágico. Bien. —
Descansa ahí, magia. — Sécate los ojos; no sufras.
La terrible escena del naufragio,
que ha tocado tus fibras compasivas,
la dispuse midiendo mi arte de tal modo
que no hubiera peligro para nadie,
ni llegasen a perder ningún cabello
los hombres que en el barco oías gritar
y viste hundirse. Siéntate,
pues has de saber más.

MIRANDA

Cuando ibas a contarme quién soy yo,
te parabas y dejabas sin respuesta
mis preguntas, concluyendo: «Espera, aún no.»

PRÓSPERO

Llegó la hora. El instante
te manda abrir oídos. Obedece
y préstame atención. ¿Te acuerdas
de antes que viviéramos en esta cueva?
Creo que no, porque entonces no tenías
más de tres años.

MIRANDA

Sí me acuerdo, padre.

PRÓSPERO

¿De qué? ¿De alguna otra casa o persona?
Dime una imagen cualquiera
que guarde tu recuerdo.

MIRANDA

La veo muy lejana,
y más como un sueño que como un recuerdo

del que dé garantía mi memoria. ¿No tenía
yo a mi servicio cuatro o cinco damas?

PRÓSPERO

Sí, Miranda, y más. Pero, ¿cómo es que eso
aún vive en tu mente? ¿Qué más ves
en el oscuro fondo y abismo del tiempo?
Si te acuerdas de antes de llegar aquí,
recordarás cómo llegaste.

MIRANDA

No me acuerdo.

PRÓSPERO

Hace doce años, Miranda, hace doce años,
tu padre era el Duque de Milán,
y un poderoso príncipe.

MIRANDA

¿No eres mi padre?

PRÓSPERO

Tu madre fue un dechado de virtud
y decía que tú eras mi hija; tu padre
era Duque de Milán, y su única heredera,
princesa no menos noble.

MIRANDA

¡Santo cielo! ¿Qué perfidia
nos hizo salir de allá? ¿O fue
una suerte el venir?

PRÓSPERO

Ambas cosas, hija.
Nos expulsó la perfidia, como dices,
pero a venir nos ayudó la suerte.

MIRANDA

¡Ah, se me parte el alma de pensar
que te hago recordar aquel dolor
que no guarda mi memoria! Mas sigue, padre.

PRÓSPERO

Mi hermano y tío tuyo, de nombre Antonio
(y oirás cómo un hermano puede ser

tan pérfido); él, al que después de ti
más quería yo en el mundo, y a quien confié
el gobierno de mi Estado, el principal
en aquel tiempo de entre las Señorías,
y Próspero, el gran duque, de elevado
renombre por su rango y sin igual
en las artes liberales... Siendo ellas mi anhelo,
delegué en mi hermano la gobernación
y, arrobado por las ciencias ocultas,
me volví un extraño a mi país.
Tu pérfido tío... ¿Me escuchas?

MIRANDA
Con toda mi atención.

PRÓSPERO
... impuesto ya en el uso de otorgar
o denegar solicitudes, ascender a éste,
frenar al otro en su ambición, volvió a crear
a las criaturas que eran mías, cambiando
o conformando su lealtad y, marcando el tono
de función y funcionario, afinó
a su gusto a todos, hasta ser
la hiedra que ocultó mi noble tronco
sorbiéndole la savia... ¡No me escuchas!

MIRANDA
¡Sí te escucho, padre!

PRÓSPERO
Préstame atención. Al descuidar
los asuntos del mundo, consagrado
al aislamiento y al cultivo de la mente
con un arte tan secreto que excedía
la apreciación de las gentes, desperté
en mi falso hermano un mal instinto,
y mi confianza, que no tenía límites,
cual buen padre inversamente generó
en él una falsía tan inmensa
como fue mi confianza. Llegó a enseñorearse

no sólo de mis rentas, sino también
de cuanto mi poder le permitía,
e igual que quien hace pecar a su memoria
contra la verdad al creerse sus mentiras
a fuerza de contarlas, creyó ser
el duque mismo por haberme reemplazado
y ostentar el rostro del dominio
con todo privilegio. Creciendo su ambición...
¿Me oyes bien?

MIRANDA

Padre, tu relato curaría la sordera.

PRÓSPERO

Para no tener obstáculo entre papel
y personaje, querrá ser el propio
Duque de Milán. Para mí, ¡pobre!,
mi biblioteca era un gran ducado. Me cree
incapaz para el gobierno, se alía
(tal era su sed de mando) con el rey de Nápoles
pagándole tributo, rindiéndole homenaje,
entregando la corona ducal a la del rey
y sometiendo el ducado, aún sin doblegar,
a la más innoble postración.

MIRANDA

¡Santo cielo!

PRÓSPERO

Escucha el pacto y sus consecuencias,
y dime si obró como un hermano.

MIRANDA

Pecaría si no pensara noblemente
de tu madre: la buena entraña
ha dado malos hijos.

PRÓSPERO

Escucha el pacto. El rey de Nápoles,
que siempre fue mi eterno enemigo,
atiende el ruego de mi hermano;
a saber: que, a cambio del convenio

de homenaje y no sé cuánto tributo,
arroje del ducado a mí y a los míos
sin demora, regalando la hermosa Milán
con todos los honores a mi hermano. Así,
con tropa desleal ya reclutada,
en la noche fatídica abrió Antonio
las puertas de Milán y, en la más negra tiniebla,
sus esbirros nos sacaron a los dos;
a ti, llorando.

MIRANDA

¡Ay, dolor! No recuerdo
cómo lloré entonces y voy a llorar ahora.
Lo que ocurrió me arranca el llanto.

PRÓSPERO

Atiende un poco más y llegaremos
a lo que ahora nos concierne, sin lo cual
esta historia no vendría al caso.

MIRANDA

¿Por qué no nos mataron?

PRÓSPERO

Buena pregunta, muchacha; mi relato
la provoca. Hija, no se atrevieron,
de tanto como el pueblo me quería y, en vez
de mancharse de sangre, les dieron
un bello color a sus viles designios.
En suma, nos llevaron a un velero a toda prisa
y en él varias leguas mar adentro. Allí
nos esperaba el casco podrido de un barcucho
sin jarcias, ni velas, ni mástil. Hasta las ratas
lo habían abandonado por instinto. En él
nos lanzaron a llorarle al mar rugiente,
a suspirarle al viento, cuya lástima
nos hacía un mal amoroso al suspirarnos.

MIRANDA

¡Ah, qué carga fui yo para ti!

PRÓSPERO

Tú fuiste el querubín que me salvó.
Inspirada de divina fortaleza,
sonreías mientras yo cubría el mar
de lágrimas salobres y gemía
bajo mi pena. Así me diste bríos
para afrontar lo que acaeciese.

MIRANDA

¿Cómo llegamos a tierra?

PRÓSPERO

Por divina voluntad. Llevábamos
algo de comida y un poco de agua dulce
que nos dio por caridad Gonzalo,
un noble de Nápoles encargado del proyecto,
y también ricos trajes, ropa blanca,
telas y efectos varios que nos han
servido mucho. En su bondad, sabiendo
cuánto amaba yo mis libros, me surtió
de volúmenes de mi propia biblioteca
que yo estimaba en más que mi ducado.

MIRANDA

¡Ojalá algún día vea a ese hombre!

PRÓSPERO

Voy a levantarme. Tú sigue sentada
y escucha el fin de nuestras penas.
Llegamos a esta isla y aquí yo,
tu maestro, te he dado una enseñanza
que no gozan los príncipes [5], con horas
más ociosas y tutores menos esmerados.

MIRANDA

Dios te lo premie. Ahora, padre, te lo ruego,
pues aún me embarga el alma, dime
por qué has desatado esta tormenta.

---

[5]   Véase Notas complementarias 3, pág. 137.

Próspero

Vas a saberlo.
Por un extraño azar la próvida Fortuna,
que ahora me acompaña, ha traído
hasta aquí a mis enemigos, y por presciencia
veo que mi cenit depende de un astro
sumamente favorable y que, si no
aprovecho su influencia, mi suerte
decaerá. Cesen ya tus preguntas.
Te duermes. Es benigna soñolencia.
Abandónate: no puedes evitarla.

[*Se duerme* Miranda.]

¡Ven aquí, mi siervo, ven! Estoy presto.
Acércate, Ariel, ven.

Entra Ariel.

Ariel

¡Salud, gran amo! ¡Mi digno señor, salud!
Vengo a cumplir tu deseo, ya sea volar,
nadar, lanzarme al fuego, sobre nube ondulante
cabalgar. Con tus poderosas órdenes
dirige a tu Ariel y sus fuerzas.

Próspero

Espíritu, ¿llevaste a cabo fielmente
la tempestad que te mandé?

Ariel

A la letra. A bordo
del navío real, llameaba espanto
por la proa, por el puente, por la popa,
por todos los camarotes. A veces me dividía,
ardiendo por muchos sitios: flameaba
en las vergas, el bauprés, el mastelero,
y después me unía. El relámpago de Júpiter,

heraldo del temible trueno, nunca fue
tan raudo e instantáneo. Fuegos y estallidos
del sulfúreo alboroto parecían asediar
al poderoso Neptuno y hacer que temblasen
sus olas altivas, y aun su fiero tridente.

PRÓSPERO

¡Mi gran espíritu!
¿Quién fue tan firme y constante, que no
acusara el efecto del tumulto?

ARIEL

No hubo quien no
sintiera la fiebre de los locos, ni obrara
enajenado. Todos, menos los marineros,
se echaron al mar espumoso saltando del barco,
que ardía con mi fuego. Fernando, el hijo del rey,
con los pelos de punta (más juncos que pelos),
fue el primero en lanzarse, gritando: «¡El infierno
está vacío! ¡Aquí están los demonios!».

PRÓSPERO

¡Bien por mi espíritu!
Pero, ¿eso no fue junto a la costa?

ARIEL

Muy cerca, mi amo.

PRÓSPERO

¿Y están todos a salvo, Ariel?

ARIEL

Ni un pelo ha sufrido,
y no hay mancha en sus ropas flotadoras,
ya más nuevas que nunca. Tal como ordenaste,
los dispersé por grupos en la isla.
Al hijo del rey le hice llegar a tierra,
donde quedó enfriando el aire de suspiros,
sentado en un rincón lejano de la isla
con los brazos en este triste nudo [6].

---

[6]   Es decir, cruzando los brazos en señal de tristeza.

PRÓSPERO
Dime qué hiciste
con el navío real, los marineros.
¿Y el resto de la flota?

ARIEL
El navío del rey está escondido
en buen puerto, en la cala profunda
donde una medianoche me hiciste traer
rocío de las Bermudas borrascosas.
A los marineros los metí bajo cubierta;
durmiendo quedaron, merced a un hechizo
y sus fatigas. El resto de la flota,
a la que dispersé, ya se ha reunido
y navega por la mar Mediterránea
con triste rumbo a Nápoles, creyendo
que vieron naufragar el navío del rey
y morir a su augusta persona.

PRÓSPERO
Ariel, cumpliste mi encargo con esmero,
pero aún queda trabajo. ¿Qué hora es?

ARIEL
Más del mediodía.

PRÓSPERO
Al menos dos horas más. De aquí a las seis
hemos de emplear valiosamente el tiempo.

ARIEL
¿Aún más labor? Ya que tanto me exiges,
déjame recordarte lo que has prometido
y aún no me has dado.

PRÓSPERO
¡Vaya! ¿Protestando?
¿Tú qué puedes reclamarme?

ARIEL
Mi libertad.

PRÓSPERO
¿Antes de tiempo? Ya basta.

ARIEL

Te lo ruego, recuerda
que te he prestado un gran servicio;
no te digo mentiras, ni cometo errores,
y te sirvo sin queja ni desgana. Prometiste
descontarme un año entero.

PRÓSPERO

¿Olvidas de qué tormento te libré?

ARIEL

No.

PRÓSPERO

Sí, y crees una fatiga
pisar el fondo cenagoso del océano,
correr sobre el áspero viento del norte,
hacerme encargos en las venas de la tierra
cuando el hielo la endurece.

ARIEL

Yo no, señor.

PRÓSPERO

¡Mientes, ser maligno! ¿Te olvidas
de la inmunda bruja Sícorax, encorvada
por la edad y la vileza? ¿Te olvidas de ella?

ARIEL

No, señor.

PRÓSPERO

Pues sí. ¿Dónde nació? Habla, dilo.

ARIEL

En Argel, señor.

PRÓSPERO

¿Ah, sí? Una vez al mes
tengo que contarte lo que has sido,
pues lo olvidas. La maldita bruja Sícorax,
por múltiples maldades y hechizos que no son
para oídos humanos, fue, como ya sabes,
desterrada de Argel. Por algo que hizo
no la ejecutaron. ¿No es verdad?

ARIEL

   Sí, señor.

PRÓSPERO

   A esta bruja de ojos morados la trajeron
   ya preñada, dejándola aquí los marineros.
   Tú, mi esclavo, como a ti mismo te llamas,
   fuiste siervo suyo y, al ser tan sensible
   para cumplir sus órdenes soeces,
   negándole obediencia, te encerró,
   con la ayuda de agentes poderosos
   y en su cólera más incontenible,
   en un pino partido, en cuyo hueco
   doce años con dolor permaneciste
   prisionero. Mas murió en ese espacio
   y te dejó allí, dando más quejas
   que giros una rueda de molino.
   Entonces, salvo el hijo que ella parió aquí,
   un pecoso engendro, ningún humano
   había honrado esta isla.

ARIEL

   Sí, su hijo Calibán.

PRÓSPERO

   ¡Torpe! ¿Quién, si no? Calibán,
   que ahora está a mi servicio. Bien sabes
   el tormento que sufrías cuando te hallé.
   Tus gemidos hacían aullar al lobo y apiadarse
   al oso furibundo: un tormento
   para los condenados que Sícorax
   no podía deshacer. Fue mi magia,
   cuando llegué y te oí, lo que abrió
   aquel pino y te libró.

ARIEL

   Te lo agradezco, amo.

PRÓSPERO

   Si vuelves a quejarte, parto un roble
   y te clavo en sus nudosas entrañas
   para que pases aullando doce inviernos.

ARIEL

Perdóname, amo.
Seré dócil a tus órdenes y cumpliré
gentilmente como espíritu.

PRÓSPERO

Si lo haces, dentro de dos días serás libre.

ARIEL

¡Bien por mi noble amo! ¿Qué quieres
que haga? Dilo. ¿Qué deseas?

PRÓSPERO

Transfórmate en ninfa marina.
Hazte invisible a todos, menos
a ti y a mí. Vamos, toma esa forma
y vuelve entonces. ¡Vamos, sé diligente!

Sale [ARIEL].

Despierta, hija mía, despierta.
Has dormido bien. Despierta.

MIRANDA

Lo asombroso de tu historia
me dio sueño.

PRÓSPERO

Sacúdetelo. Ven. Vamos a hacer
visita a Calibán, mi esclavo,
que nunca nos dio respuesta amable.

MIRANDA

Padre, es un infame al que detesto.

PRÓSPERO

Sí, pero le necesitamos. Enciende
el fuego, trae la leña y nos hace
trabajos muy útiles. ¡Eh, esclavo! ¡Calibán!
¡Responde, montón de tierra!

CALIBÁN, *dentro*

¡Ya tenéis bastante leña!

PRÓSPERO
¡Vamos, sal ya! Tengo otro encargo para ti.
¿Cuándo saldrás, tortuga?

Entra ARIEL, *en forma de ninfa marina.*

¡Bella aparición! Primoroso Ariel,
te hablo al oído.

ARIEL
Así lo haré, señor.

Sale.

PRÓSPERO
¡Sal ya, ponzoñoso esclavo,
engendro del demonio y tu vil madre!

Entra CALIBÁN.

CALIBÁN
¡Así os caiga a los dos el vil rocío
que, con pluma de cuervo, barría mi madre
de la ciénaga malsana! ¡Así os sople un viento
del sur y os cubra de pústulas!

PRÓSPERO
Por decir eso, tendrás calambres esta noche
y punzadas que ahogan el aliento. Los duendes,
que obran en la noche, clavarán
púas en tu piel. Tendrás más aguijones
que un panal, cada uno más punzante
que los de las abejas.

CALIBÁN
Tengo que comer. Esta isla
es mía por mi madre Sícorax,
y tú me la quitaste. Cuando viniste,
me acariciabas y me hacías mucho caso,

me dabas agua con bayas, me enseñabas
a nombrar la lumbrera mayor y la menor
que arden de día y de noche[7]. Entonces te quería
y te mostraba las riquezas de la isla,
las fuentes, los pozos salados, lo yermo y lo fértil.
¡Maldito yo por hacerlo! Los hechizos de Sícorax
te asedien: escarabajos, sapos, murciélagos.
Yo soy todos los súbditos que tienes,
yo, que fui mi propio rey; y tú me empocilgas
en la dura roca y me niegas
el resto de la isla.

PRÓSPERO

¡Esclavo archiembustero, que respondes
al látigo y no a la bondad! Siendo tal basura,
te traté humanamente, y te alojé
en mi celda hasta que pretendiste
forzar la honra de mi hija.

CALIBÁN

¡Ja, ja! ¡Ojalá hubiera podido!
Tú me lo impediste. Si no, habría poblado
de Calibanes esta isla.

MIRANDA

¡Odioso esclavo,
en quien no deja marca la bondad
y cabe todo lo malo! Me dabas lástima,
me esforcé en enseñarte a hablar y cada hora
te enseñaba algo nuevo. Salvaje, cuando tú
no sabías lo que pensabas y balbucías
como un bruto, yo te daba las palabras
para expresar las ideas. Pero, a pesar
de que aprendiste, tu vil sangre repugnaba
a un alma noble. Por eso te encerraron
merecidamente en esta roca,
mereciendo mucho más que una prisión.

---

[7]   Es decir, el sol y la luna según la Biblia (Génesis, 1, 16).

CALIBÁN

Me enseñaste a hablar, y mi provecho
es que sé maldecir. ¡La peste roja te lleve
por enseñarme tu lengua!

PRÓSPERO

¡Fuera, engendro!
Tráenos leña, y más te vale no tardar,
que hay más trabajo. ¿Te encoges de hombros,
infame? Si descuidas o haces tu labor
de mala gana, te torturo con calambres,
te meto el dolor en los huesos. Rugirás tanto
que hasta las bestias temblarán de oírte.

CALIBÁN

No, te lo suplico. —
[*Aparte*] He de obedecer. Su magia es tan potente
que vencería a Setebos, el dios de mi madre,
convirtiéndole en vasallo.

PRÓSPERO

¡Fuera, esclavo, vete!

> *Sale* CALIBÁN.
> *Entran* FERNANDO *y* ARIEL, *invisible*[8], *tocando y cantando.*

ARIEL   *Canción.*
A estas playas acercaos
de la mano.
Saludo y beso traerán
silencio al mar.
Bailad con gracia y donaire;
los elfos canten
el coro. ¡Atentos!
            Coro, disperso: ¡Guau, guau!

---

[8]   Es decir, convencionalmente invisible para los demás personajes que
estén en escena, excepto Próspero.

Ladran los perros.
        [*Coro, disperso*]: ¡Guau, guau!
Callad. Oiréis
al pomposo Chantecler
cantando quiquiriquí[9].

FERNANDO

¿De dónde sale esta música? ¿Del aire
o de la tierra? Ha cesado. Sin duda suena
por un dios de la isla. Sentado en la playa,
llorando el naufragio de mi padre, el rey,
esta música se me insinuó desde las aguas,
calmando con su dulce melodía
su furia y mi dolor. La he seguido desde allí,
o, más bien, me ha arrastrado. Mas cesó.
No, vuelve a sonar.

ARIEL   *Canción.*
Yace tu padre en el fondo
y sus huesos son coral.
Ahora perlas son sus ojos;
nada en él se deshará,
pues el mar le cambia todo
en un bien maravilloso.
Ninfas por él doblarán.
        Coro: Din, don.
Ah, ya las oigo: Din, don, dan[10].

FERNANDO

La canción evoca a mi ahogado padre.
Esto no es obra humana, ni sonido
de la tierra. Ahora lo oigo sobre mí.

PRÓSPERO

Abre las cortinas de tus ojos
y dime qué ves ahí.

---

[9]   Famoso gallo, personaje de relatos medievales. No se conserva la melodía original de esta canción.

[10]   Sobre esta canción véanse nota y partitura en el Apéndice, págs. 139-141.

MIRANDA

¿Qué es? ¿Un espíritu?
¡Ah, cómo mira alrededor! Créeme, padre:
tiene una hermosa figura. Pero es un espíritu.

PRÓSPERO

No, muchacha: come y duerme, y sus sentidos
son como los nuestros. Este joven caballero
estaba en el naufragio y, si no estuviese
alterado del dolor (estrago de la belleza),
podríamos llamarle apuesto. Ha perdido
a sus amigos y va errante en su busca.

MIRANDA

Yo le llamaría ser divino,
pues nada vi tan noble aquí, en la tierra.

PRÓSPERO [*aparte*]

Está resultando como lo concebí[11]. —
[*A* ARIEL] Espíritu, gran espíritu,
en dos días te libraré por esto.

FERNANDO [*viendo a* MIRANDA]

Sin duda, la diosa
por quien suena esta música. — Ten a bien
decirme si habitas esta isla
e instruirme sobre el modo como debo
proceder estando aquí. Mi primera súplica,
aunque última, es: ¡Oh, maravilla!,
¿eres o no una muchacha?

MIRANDA

Maravilla, ninguna,
pero sí una muchacha.

FERNANDO

¡Mi idioma! ¡Dios santo!
Sería el primero de todos sus hablantes
si estuviera allí donde se habla.

---

[11]   Alusión a su plan. Véase al respecto Introducción, págs. 18-19 y 29.

MIRANDA
    ¿Cómo? ¿El primero?
    ¿Qué serías si te oyera el rey de Nápoles?
FERNANDO
    Un pobre solitario que se asombra
    de oírte hablar del rey. Él me oye,
    y porque me oye, lloro. Ahora el rey soy yo,
    y mis ojos, desde entonces sin reflujo,
    vieron el naufragio de mi padre.
MIRANDA
    ¡Qué dolor!
FERNANDO
    Sí, y con él el de sus nobles; entre ellos,
    el Duque de Milán y su buen hijo [12].
PRÓSPERO [*aparte*]
    El Duque de Milán
    y su mejor hija podrían desmentirte
    si fuera el momento. No más verse
    y ya suspiran. Primoroso Ariel,
    serás libre por esto. — Oídme, señor:
    me temo que os habéis equivocado [13]; oídme.
MIRANDA
    ¿Por qué se pone tan áspero mi padre?
    Éste es el tercer hombre que he visto
    y el primero que me hechiza. ¡La compasión
    incline a mi padre de mi lado!
FERNANDO
    Ah, si eres doncella,

---

[12]   Para Fernando, el Duque de Milán es Antonio. En el verso siguiente,
Próspero se sigue llamando a sí mismo Duque de Milán. En cuanto al hijo de
Antonio, no se le vuelve a mencionar en el resto de la obra. Tal vez Shakespeare pensara inicialmente en un personaje paralelo a Fernando y después
decidiese no desarrollarlo.
[13]   Según parece, Fernando está «equivocado» en creerse rey de Nápoles,
puesto que en realidad su padre no se ha ahogado.

y a nadie has dado aún tu corazón,
yo te haré reina de Nápoles.

PRÓSPERO

Esperad, señor, oídme.
[*Aparte*] Se han rendido el uno al otro, mas yo
frenaré su presteza, no sea que ganar tan fácil
convierta en fácil el premio. —
[*A* FERNANDO] Óyeme, te ordeno
que me escuches. Usurpas un nombre
que no es tuyo, y has venido a esta isla
como espía, para quitármela a mí,
que soy su dueño.

FERNANDO

¡No, por mi honor!

MIRANDA

El mal no puede residir en este templo.
Si el maligno viviera en casa tan hermosa,
el bien lo expulsaría.

PRÓSPERO

Sígueme. —
Tú no le defiendas: es un traidor. —
Te voy a encadenar los pies y el cuello.
Beberás agua de mar; te alimentarás
de moluscos de agua dulce, raíces resecas
y cáscaras de bellota. ¡Sígueme!

FERNANDO

¡No! No voy a soportar este trato
mientras mi enemigo no tenga más poder.

Desenvaina, y un hechizo le detiene.

MIRANDA

Querido padre,
no le juzgues con tanto rigor,
pues es noble, y nada cobarde.

PRÓSPERO

¡Cómo! ¿Me va a instruir el pie? [14].
Envaina ya, traidor, que alardeas,
pero no atacas, con esa conciencia
tan culpable. No sigas en guardia,
pues con mi vara puedo desarmarte
y hacer que sueltes la espada.

MIRANDA

Padre, te suplico...

PRÓSPERO

¡Fuera! ¡No te cuelgues de mi ropa!

MIRANDA

Apiádate, padre. Yo respondo por él.

PRÓSPERO

¡Silencio! Si dices otra palabra,
te reñiré, y aun te odiaré. ¡Cómo!
¿Abogada de impostor? ¡Calla!
Porque sólo has visto a él y a Calibán
te crees que no hay otros como él. ¡Necia!
Al lado de otros hombres, él es un Calibán,
y a su lado, ellos son ángeles.

MIRANDA

Mis sentimientos son humildes.
No deseo ver a un hombre más apuesto.

PRÓSPERO [a FERNANDO]

Vamos, obedece.
Tus fibras han vuelto a su infancia
y no tienen fuerza.

FERNANDO

Es verdad.
Como en un sueño, mi ánimo está encadenado.
La muerte de mi padre, esta debilidad,

---

14 Es decir, ¿me va a decir un inferior lo que tengo que hacer? Tradicio-
nalmente, el hijo era al padre como el pie a la cabeza.

el naufragio de mis amigos y las amenazas
del que ahora me somete no son una carga
mientras una vez al día, desde mi cárcel,
pueda ver a esta muchacha. Dispongan los libres
del resto del mundo. En mi cárcel
ya tengo bastante espacio.

PRÓSPERO [*aparte*]
    Surte efecto. — Vamos. —
    Mi gran Ariel, buen trabajo. Sígueme:
    voy a darte otra misión.

MIRANDA [*a* FERNANDO]
    No te inquietes. Mi padre es mucho mejor
    de lo que parece hablando. Lo que le has visto
    es insólito.

PRÓSPERO [*a* ARIEL]
    Serás libre como el viento de montaña.
    Pero mis órdenes cumple con esmero.

ARIEL
    A la letra.

PRÓSPERO [*a* FERNANDO]
    ¡Vamos, sígueme!
    [*A* MIRANDA] Y tú no le defiendas.

              Salen.

II.i   *Entran* ALONSO, SEBASTIÁN, ANTONIO, GONZALO,
       ADRIÁN *y* FRANCISCO.

GONZALO [*a* ALONSO]
    Alegraos, Majestad, os lo ruego. Tenéis
    motivo para el gozo, como todos: salvarnos
    cuenta más que lo perdido. La desgracia
    que sufrimos es corriente: cada día, esposas
    de marinos, dueños de barcos, mercaderes
    también tienen motivo de dolor, y este milagro,

el de haber sobrevivido, muy pocos podrán
contarlo entre millones. Conque, señor,
sopesad sabiamente el dolor con el alivio.

ALONSO

Callad, os lo ruego.

SEBASTIÁN [*aparte a* ANTONIO]

El consuelo es para él un caldo frío.

ANTONIO [*aparte a* SEBASTIÁN]

Pero este consolador no va a soltarle.

SEBASTIÁN [*aparte a* ANTONIO]

Mirad, le da cuerda al reloj de su ingenio. Muy pronto so-
nará.

GONZALO

Señor...

SEBASTIÁN

La una. Contad.

GONZALO

Si a cada desventura se le da posada,
al posadero le cae...

SEBASTIÁN

Más de un duro.

GONZALO

Más de un duro desconsuelo. Decís más verdad de la que
pretendíais.

SEBASTIÁN

Y vos respondéis con más ingenio del que yo creía.

GONZALO [*a* ALONSO]

Así que, señor...

ANTONIO

¡Uf! ¡Éste no frena la lengua!

ALONSO [*a* GONZALO]

Os lo ruego, basta.

GONZALO

Bueno, he dicho. Aunque...

SEBASTIÁN [*aparte a* ANTONIO]

No, si seguirá hablando.

ANTONIO [*aparte a* SEBASTIÁN]
    Apostemos algo a quién canta primero, Adrián o él.
SEBASTIÁN
    El viejo gallo.
ANTONIO
    El gallito.
SEBASTIÁN
    Conforme. ¿Qué nos jugamos?
ANTONIO
    Reírse el que gane.
SEBASTIÁN
    ¡Hecho!
ADRIÁN
    Aunque esta isla parece desierta...
ANTONIO
    ¡Ja, ja, ja!
SEBASTIÁN
    Ya estáis pagado.
ADRIÁN
    ... inhabitable y casi inaccesible...
SEBASTIÁN
    Sin embargo...
ADRIÁN
    Sin embargo...
ANTONIO
    ¡Tenía que decirlo!
ADRIÁN
    ... su templanza es sin duda suave,
    fina y placentera.
ANTONIO
    Templanza era una moza placentera.
SEBASTIÁN
    Y fina, como tan doctamente ha dicho.
ADRIÁN
    El aire que sopla es sutil.

SEBASTIÁN
    Cual si tuviera pulmones, y podridos.
ANTONIO
    O si los perfumara una ciénaga.
GONZALO
    Aquí hay de todo para vivir.
ANTONIO
    Cierto, salvo medios de vida.
SEBASTIÁN
    De eso hay poco o nada.
GONZALO
    ¡Qué lozana y frondosa está la hierba! ¡Qué verde!
ANTONIO
    Sí, el suelo está pardo.
SEBASTIÁN
    Con un matiz de verde.
ANTONIO
    No se le escapa nada.
SEBASTIÁN
    No, tan sólo la realidad.
GONZALO
    Pero lo más prodigioso, y es casi increíble...
SEBASTIÁN
    Como tantos prodigios.
GONZALO
    ... es que nuestra ropa, habiéndose empapado en el mar, no
    obstante siga estando tan nueva y radiante. Más que man-
    chada de agua salada, parece recién teñida.
ANTONIO
    Si hablara uno de sus bolsillos, ¿no le diría que miente?
SEBASTIÁN
    Sí, o se embolsaría la verdad.
GONZALO
    Creo que nuestra ropa está tan nueva como cuando la estre-
    namos en África, en la boda de la hija del rey, la bella Clari-
    bel, con el rey de Túnez.

SEBASTIÁN

Buena boda, y nos ha ido muy bien al regreso.

ADRIÁN

A Túnez nunca la honró semejante modelo de reina.

GONZALO

No desde los tiempos de la viuda Dido.

ANTONIO

¿Viuda? ¡Mala peste! ¿De dónde sale lo de «viuda»? ¡La viuda Dido!

SEBASTIÁN

También podría haber dicho «el viudo Eneas». ¡Señor, cómo os lo tomáis!

ADRIÁN

¿Decís la viuda Dido? Eso me da que pensar. Era de Cartago, no de Túnez.

GONZALO

Señor, Túnez era Cartago.

ADRIÁN

¿Cartago?

GONZALO

Os lo aseguro. Cartago [15].

ANTONIO

Sus palabras hacen más que el arpa milagrosa.

SEBASTIÁN

Levantan la muralla, y aun las casas [16].

ANTONIO

Ahora, ¿qué imposible se le resistirá?

SEBASTIÁN

Creo que se llevará esta isla en el bolsillo y se la regalará a su hijo cual si fuera una manzana.

---

[15] Sobre este pasaje véase Notas Complementarias 4, págs. 137-138.

[16] En la mitología griega, Anfión, hijo de Zeus, construyó una gran muralla en torno a Tebas tocando la lira: las piedras le seguían y se iban colocando en su sitio. Según Sebastián, el error de Gonzalo ha levantado la muralla e incluso toda una ciudad.

ANTONIO
Y sembrando las pepitas en el mar, producirá nuevas islas.

GONZALO
Pues sí.

ANTONIO
Ya era hora [17].

GONZALO [*a* ALONSO]
Señor, decíamos que nuestra ropa parece tan nueva ahora
como cuando estábamos en Túnez en la boda de vuestra hija,
ahora reina.

ANTONIO
La más excelsa que llegó allí.

SEBASTIÁN
Salvo, con perdón, la viuda Dido.

ANTONIO
¿La viuda Dido? ¡Ah, sí, la viuda Dido!

GONZALO
Señor, ¿no está mi jubón tan nuevo como el día en que lo
estrené? Bueno, hasta cierto punto.

ANTONIO
Un punto que no ha perdido.

GONZALO
Cuando lo llevé en la boda de vuestra hija.

ALONSO
Me embutís en el oído esas palabras
contra mi gana de oírlas. Ojalá nunca hubiera
casado a mi hija allá, pues al regreso
pierdo a mi hijo y creo que también a ella:
vive tan lejos de Italia que nunca
volveré a verla. ¡Ah, tú, mi heredero
de Nápoles y Milán! ¿Qué extraño pez
te ha devorado?

---

[17]   En el original hay ambigüedad en la intervención de Gonzalo y la respuesta de Antonio. Parece que Gonzalo se reafirma en que Túnez era Cartago
tras un silencio que, aunque breve, a Antonio le parece insólito.

FRANCISCO
     Señor, quizá esté vivo. Le vi cómo batía
     las olas y cabalgaba sobre ellas.
     Seguía a flote y rechazaba la embestida
     de las aguas, afrontando el oleaje.
     Su audaz cabeza descollaba sobre olas
     en combate y, remando con brazos vigorosos,
     alcanzó la costa, que se inclinaba
     sobre un pie desgastado por el mar
     cual si quisiera ayudarle [18]. Estoy seguro
     de que llegó vivo a tierra.
ALONSO
     No, no; nos ha dejado.
SEBASTIÁN
     Bien puedes felicitarte por la pérdida.
     A nuestra Europa no favoreciste con tu hija,
     sino que se la echaste a un africano.
     Estará desterrada de tus ojos,
     que ahora tienen buen motivo para el llanto.
ALONSO
     Calla, te lo ruego.
SEBASTIÁN
     Todos nos postramos ante ti, rogándote
     que desistieras, y hasta la pobre muchacha
     dudaba entre negarse u obedecer,
     de qué lado inclinarse. Me temo que a tu hijo
     lo hemos perdido para siempre. Este asunto
     ha creado más viudas en Milán y Nápoles
     que supervivientes hay para aliviarlas.
     La culpa es tuya.
ALONSO
     Y también la mayor pérdida.

---

[18]   La imagen es la de una gran roca que, al tener la base erosionada por
las olas, parecía inclinarse en su ayuda.

GONZALO
  Mi señor Sebastián,
  a vuestra verdad le falta delicadeza
  y oportunidad. Hurgáis en la herida,
  cuando debierais ponerle una venda.
SEBASTIÁN
  Bien dicho.
ANTONIO
  Y como un médico.
GONZALO [a ALONSO]
  Señor, el estar vos tan sombrío
  nos traerá mal tiempo a todos.
SEBASTIÁN
  ¿Mal tiempo?
ANTONIO
  Espantoso.
GONZALO
  Señor, si yo colonizara esta isla...
ANTONIO
  La sembraría de ortigas.
SEBASTIÁN
  O de malvas o acederas.
GONZALO
  ... y fuese aquí el rey, ¿qué haría?
SEBASTIÁN
  No emborracharse por falta de vino.
GONZALO
  En mi Estado lo haría todo al revés
  que de costumbre, pues no admitiría
  ni comercio, ni título de juez;
  los estudios no se conocerían, ni la riqueza,
  la pobreza o el servicio; ni contratos,
  herencias, vallados, cultivos o viñedos;
  ni metal, trigo, vino o aceite;
  ni ocupaciones: los hombres, todos ociosos,

y también las mujeres, aunque inocentes y puras;
ni monarquía...

SEBASTIÁN

Mas dijo que sería el rey.

ANTONIO

El final de su Estado se olvida del principio.

GONZALO

La naturaleza produciría de todo
para todos sin sudor ni esfuerzo. Traición,
felonía, espada, lanza, puñal o máquinas
de guerra yo las prohibiría: la naturaleza
nos daría en abundancia sus frutos
para alimentar a mi pueblo inocente [19].

SEBASTIÁN

¿Sus súbditos no se casarían?

ANTONIO

No, todos ociosos: todos putas y granujas.

GONZALO

Señor, mi gobierno sería tan perfecto
que excedería a la Edad de Oro.

SEBASTIÁN

¡Dios salve a Su Majestad!

ANTONIO

¡Viva Gonzalo!

GONZALO

Y... ¿Me escucháis, señor?

ALONSO

Os lo ruego, basta. No decís nada.

GONZALO

Tenéis razón, Majestad. Lo hacía para darles pie a estos señores, que son de pulmones tan activos y sensibles que siempre
se ríen por nada.

---

[19]   En toda esta visión utópica de Gonzalo, Shakespeare sigue muy de
cerca un pasaje del ensayo de Montaigne «De los caníbales» (es decir, *cari-
bes,* indígenas de las Antillas y América del Sur). Véase al respecto Introducción, págs. 24-25.

ANTONIO

Nos reíamos de vos.

GONZALO

Que en esta especie de bobada no soy nada a vuestro lado.
Así que seguid riéndoos por nada.

ANTONIO

¡Buen golpe!

SEBASTIÁN

Si hubiera sido con el filo.

GONZALO

Sois hombres de gran temple. Sacaríais a la luna de su esfera si estuviera en ella cinco semanas sin cambiar[20].

> *Entra* ARIEL [*invisible*] *tocando una música so-*
> *lemne.*

SEBASTIÁN

Exacto, y con su luz iríamos a cazar pájaros.

ANTONIO

Mi buen señor, no os enfadéis.

GONZALO

No, os aseguro que no arriesgaré mi sensatez por tan poco.
¿Queréis dormirme con la risa, que tengo mucho sueño?

ANTONIO

Dormid, y oídnos.

> [*Se duermen todos menos* ALONSO, SEBASTIÁN
> *y* ANTONIO.]

ALONSO

¡Vaya! ¿Durmiendo tan pronto? Ojalá
con mis ojos se cerraran mis pensamientos.
Creo que quieren cerrarse.

---

[20]   Según la astronomía tolemaica, la luna, al igual que los astros y plane-
tas, giraba alrededor de la Tierra en una esfera envolvente de la que era inse-
parable.

SEBASTIÁN

Entonces no desestimes la ocasión.
El sueño no acude al dolor; cuando lo hace,
consuela.

ANTONIO

Señor, los dos os protegeremos
mientras descanséis, y velaremos
por vuestra seguridad.

ALONSO

Gracias. Este sueño es asombroso.

[*Se duerme* ALONSO. *Sale* ARIEL.]

SEBASTIÁN

¡Qué sopor tan extraño los domina!

ANTONIO

Es el carácter del lugar.

SEBASTIÁN

¿Y por qué no cierra nuestros párpados?
Yo ganas de dormir no tengo.

ANTONIO

Ni yo. Mi mente está muy despierta.
Ellos se han dormido a una, como por consenso,
como tumbados por un rayo. ¿Cuál sería,
noble Sebastián, cuál sería...? Pero basta.
Sin embargo, creo ver en vuestro rostro
a aquel que podríais ser. La ocasión os llama
y mi viva imaginación ve una corona
que desciende sobre vos.

SEBASTIÁN

¿Estáis despierto?

ANTONIO

¿No oís lo que digo?

SEBASTIÁN

Sí, son palabras soñolientas,
y habláis en vuestro sueño. ¿Qué decíais?

Este reposo es extraño; dormido
con ojos abiertos: de pie, hablando, andando
y, sin embargo, dormido.

ANTONIO
Noble Sebastián, dejáis dormir
vuestra suerte, o más bien morir.
No veis estando despierto.

SEBASTIÁN
Y vos roncáis muy claro. Vuestros ronquidos
tienen un significado.

ANTONIO
Estoy más serio que de costumbre,
y vos, si me escucháis, debéis estarlo.
Hacerlo os encumbrará.

SEBASTIÁN
Seré un remanso.

ANTONIO
Yo os enseñaré a fluir.

SEBASTIÁN
Os lo ruego. Mi indolencia hereditaria
me lleva a refluir.

ANTONIO
¡Ah, si vierais cómo acariciáis la causa
mientras la menospreciáis! ¡Cómo al exponerla
la arropáis aún más! Los que refluyen
acaban casi en el fondo por culpa
de su temor o indolencia.

SEBASTIÁN
Continuad. Esos ojos y esa cara
anuncian que lleváis algo dentro,
aunque el parto se presenta doloroso.

ANTONIO
Oídme: aunque este dignatario
de frágil memoria, de quien se guardará
tan débil recuerdo cuando esté enterrado,
casi ha persuadido al rey (él es la persuasión,

lo suyo es persuadir) de que su hijo aún vive,
tan imposible es que no se haya ahogado
como que este durmiente esté nadando.

SEBASTIÁN

De que no se haya ahogado no tengo esperanza.

ANTONIO

¡Ah! De no tenerla nace
vuestra gran esperanza. Que por ese lado
no haya esperanza es, por otro, tan alta esperanza
que ni la propia Ambición la vislumbra
y aun duda en divisarla. ¿Estáis conmigo
en que Fernando se ha ahogado?

SEBASTIÁN

Está muerto.

ANTONIO

Entonces, decidme. ¿Quién heredará Nápoles?

SEBASTIÁN

Claribel.

ANTONIO

La actual reina de Túnez, que vive a más
de una vida de distancia; que de Nápoles
no tendrá noticias, si el correo no es el sol
(la luna es muy lenta), hasta que un recién nacido
tenga barba rasurable; por quien el mar
nos tragó, aunque a algunos nos ha arrojado,
y de suerte que actuemos en un drama
en que el pasado sea el prólogo y la acción
la ejecutemos vos y yo.

SEBASTIÁN

¿Qué decís? ¿Qué os proponéis?
Sí, la hija de mi hermano es reina de Túnez,
también heredera de Nápoles, y entre ambos
media gran distancia.

ANTONIO

Y de ella cada palmo
parece gritar: «¿Podrá recorrernos Claribel

para volver a Nápoles? Que siga en Túnez
y despierte Sebastián». ¿Y si fuera la muerte
lo que a éstos ha vencido? No estarían
peor de lo que están. Hay quien regiría Nápoles
tan bien como el que duerme, palaciegos
que hablan tanto y tan superfluo
como este Gonzalo. Yo enseñaría a una chova
a hablar igual de sesuda. ¡Ay, si pensarais
como yo! ¡Cómo os encumbraría
el sueño de éstos! ¿Me entendéis?

SEBASTIÁN

Creo que sí.

ANTONIO

¿Y cómo responderéis
a vuestra buena fortuna?

SEBASTIÁN

Recuerdo que vos derrocasteis
a vuestro hermano Próspero.

ANTONIO

Cierto, y ved qué bien
me sienta mi ropa; mejor que antes.
Entonces los criados de mi hermano
eran mis compañeros; ahora son mis siervos.

SEBASTIÁN

¿Y vuestra conciencia?

ANTONIO

Sí, ¿dónde queda? Si fuera un sabañón,
me pondría zapatillas, mas mi pecho
no siente a esa diosa. Veinte conciencias
que hubiera entre Milán y yo, por mí que se hielen
y derritan, que no me estorbarán.
Vuestro hermano duerme. No valdrá más que la tierra
en la que yace si está como parece, muerto,
y yo, con este acero, tres pulgadas,
le haría dormir por siempre, mientras vos,
haciendo así, los ojos cerraríais in aetérnum

a este viejo bocado, este don Sesudo,
que no ha de censurar nuestra conducta.
Los demás lo tragarán como el gato lame leche,
y en cualquier asunto verán en el reloj
la hora que nosotros les digamos.

SEBASTIÁN

Vuestro caso, buen amigo,
será mi precedente: igual que vos Milán,
yo me haré con Nápoles. Desenvainad: un golpe
os hará libre del tributo que pagáis
y yo, el rey, os querré bien.

ANTONIO

Desenvainemos a una, y cuando yo
levante el brazo, hacedlo vos contra Gonzalo.

SEBASTIÁN

Ah, otra cosa.

[*Hablan aparte.*]
Entra ARIEL [*invisible*] *con música y canción.*

ARIEL

Mi amo con su magia ve el peligro
que corres tú, su amigo, y me envía
(si no, su plan naufraga) para salvaros a todos.

Canta al oído de GONZALO.

Mientras yaces ahí roncando,
la conjura, que ha velado,
su momento espera.
Si en algo estimas tu vida,
sacude el sueño, espabila.
¡Despierta, despierta! [21].

---

[21]   No se ha conservado la melodía original de esta canción.

ANTONIO
    Hagámoslo ya.
GONZALO [*despertando*]
    ¡Los ángeles guarden al rey!

[*Se despiertan los demás.*]

ALONSO
    ¿Qué es esto? ¿Despiertos? ¿Por qué habéis
    desenvainado? ¿A qué esa cara de espanto?
GONZALO
    ¿Qué ocurre?
SEBASTIÁN
    Estábamos guardando vuestro sueño
    cuando ha resonado un sordo rugido
    como de toros, o más bien de leones.
    ¿No te despertó? A mí me hirió el oído.
ALONSO
    Yo no he oído nada.
ANTONIO
    ¡El fragor habría despertado a un monstruo,
    causado un terremoto! Seguro que rugió
    una manada de leones.
ALONSO
    ¿Lo habéis oído, Gonzalo?
GONZALO
    Os juro, señor, que oí un zumbido,
    y además muy extraño, que me despertó.
    Os sacudí y grité. Cuando abrí los ojos,
    los vi espada en mano. Sí que hubo un ruido,
    es cierto. Más nos vale estar en guardia
    o salir de este lugar. Desenvainemos.
ALONSO
    Id delante, y sigamos buscando
    a mi pobre hijo.

GONZALO

    ¡El cielo le guarde de estas fieras!

    Seguro que está en la isla.

ALONSO

    Abrid camino.

ARIEL

    La orden de Próspero ya la he cumplido.

    Tú, rey, ve seguro, y busca a tu hijo.

       Salen.

II.ii   *Entra* CALIBÁN *con un haz de leña. Se oyen truenos.*

CALIBÁN

    ¡Que caigan sobre Próspero los miasmas

    que absorbe el sol en marismas y ciénagas

    y le llaguen palmo a palmo! Le maldigo,

    aunque me oigan sus espíritus. Pellizcos

    no me darán, ni sustos sacando duendes,

    ni me arrojarán al barro, ni, cual fuegos fatuos,

    me harán perderme en la noche, si él no lo manda.

    Mas por nada me los echa encima;

    a veces son monos que me chillan, hacen muecas

    y me muerden; otras, erizos que yacen

    enrollados y me levantan las púas

    bajo mi pie descalzo; otras, víboras

    que se me enroscan y que con su lengua hendida

    me vuelven loco a silbidos.

       Entra TRÍNCULO.

    ¡Ah, mira! Aquí viene a atormentarme

    otro de sus espíritus, porque tardo

    en llevarle la leña. Me echaré al suelo.

    Quizá no me vea.

TRÍNCULO

Aquí no hay arbusto ni mata en que resguardarse, y ya se
cuece otra tormenta; la oigo cantar al viento. Ese nubarrón
parece un sucio pellejo de vino pronto a reventar. Si va a
tronar como antes, no sé dónde meterme; esa nube se va-
ciará a cántaros. Pero, ¿qué veo aquí? ¿Un hombre o un
pez? ¿Vivo o muerto? Es un pez, huele a pescado; echa un
olor rancio, a salazón no muy fresca. ¡Qué pez más raro! Si
estuviera en Inglaterra, como ya estuve, pondría un cartel, y
no habría tonto de feria que no diera plata por verlo. Allí
este monstruo me haría rico; allí cualquier bicho raro hace
negocio. No dan un centavo para aliviar a un cojo, pero se
gastan diez en ver a un indio muerto. ¡Piernas de hombre!
¡Brazos, y no aletas! ¡Y está caliente! Me vuelvo atrás, me
desdigo: esto no es un pez, sino un isleño recién tumbado
por un rayo.

[*Truenos.*]

¡Vuelve la tormenta! Me meteré bajo su capa; por aquí no veo
otro refugio. A veces la desgracia nos acuesta con extraños
compañeros. Me arroparé aquí hasta que se vacíe la tormenta.

Entra ESTEBAN *cantando.*

ESTEBAN

     Ya nunca iré a la mar, la mar,
     que en tierra moriré...
Esta canción es infame para un funeral [22]. Bueno, éste es mi
consuelo.

Bebe [*y después*] *canta.*

---

[22]   El de Trínculo, a quien cree ahogado, o el suyo propio si Esteban se ve
como hombre muerto en una isla desierta.

Piloto, grumete, mozo, capitán,
artillero y yo
queremos a Mara, María y Marián,
pero a Catia no,
pues maldice al hombre de mar
y le grita: «¡Muérete ya!».
De brea o alquitrán no soporta el olor,
mas deja que el sastre le rasque el picor.
Conque, ¡al barco, amigos, y muérase ya![23].
Esta canción también es infame, pero éste es mi consuelo.

Bebe.

CALIBÁN
¡No me atormentes! ¡Ah![24].

ESTEBAN
¿Qué pasa aquí? ¿Hay demonios? ¿Quién nos embauca con
salvajes y con indios? ¿Eh? No me he salvado de ahogarme
para que ahora me asusten tus cuatro patas, pues, como bien
dicen, porque tengas cuatro patas no me harás salir por pies;
y lo dirán mientras Esteban respire.

CALIBÁN
¡Me atormenta este espíritu! ¡Ah!

ESTEBAN
Éste es un monstruo isleño de cuatro patas que, por lo visto,
tiene calentura. ¿Dónde diablos habrá aprendido nuestra
lengua? Aunque sólo sea por eso, voy a darle algún alivio.
Si logro curarlo y amansarlo, y vuelvo a Nápoles con él,
será un regalo para cualquier emperador que camine sobre
cuero.

---

[23]   No se conserva la melodía original de ninguna de estas dos canciones
de Esteban.
[24]   Calibán cree que Esteban es un espíritu enviado por Próspero para
atormentarle. Unas líneas más adelante, el temblor de Trínculo le hará creer
que ya le está atormentando.

CALIBÁN

¡No me atormentes, te lo ruego! Traeré la leña más deprisa.

ESTEBAN

Está delirando y no habla con mucho tino. Voy a darle un trago. Si nunca ha bebido vino, casi le quitará la calentura. Si logro curarlo y amansarlo, no cobraré mucho por él; pero quien lo compre, pagará, y bien.

CALIBÁN

Aún no me haces mucho daño, pero por tu temblor sé que lo harás. Próspero actúa sobre ti.

ESTEBAN

Vamos, abre la boca: esto resucita a un muerto. Abre la boca: esto quita los temblores, te lo digo yo, y bien. Tú no conoces a tus amigos: vuelve a abrir esas quijadas[25].

TRÍNCULO

Esa voz la conozco. Es la de... No; se ahogó, y éstos son demonios. ¡Socorro!

ESTEBAN

Cuatro patas y dos voces. ¡Qué primor de monstruo! La voz delantera es para hablar bien de su amigo, y la trasera, para maldecir y renegar. Si para curarse necesita todo el vino, yo se lo daré. ¡Toma! Ya basta. Ahora se lo echaré por la otra boca.

TRÍNCULO

¡Esteban!

ESTEBAN

¿Me llama la otra boca? ¡Piedad, piedad! ¡No es un monstruo, es el diablo! Me voy, que no sé atarlo.

TRÍNCULO

¡Esteban! Si tú eres Esteban, tócame y háblame, que soy Trínculo. No tengas miedo: tu buen amigo Trínculo.

ESTEBAN

Si eres Trínculo, sal. Te sacaré por las piernas más cortas; si algunas son de Trínculo, son éstas. ¡El mismísimo Trínculo!

---

[25] Bien porque Calibán se ha resistido a abrir la boca o para que vuelva a beber.

¿Cómo has llegado a ser excremento de este aborto? ¿Es que puede evacuar Trínculos?

TRÍNCULO

Creí que lo había tumbado un rayo. Pero, Esteban, ¿no te ahogaste? Espero que no seas un ahogado. ¿Ha escampado? Me metí bajo la capa del monstruo por miedo a la tormenta. ¿Y estás vivo, Esteban? ¡Ah, Esteban! ¡Dos napolitanos a salvo!

ESTEBAN

Oye, no me hagas dar vueltas, que mi estómago no aguanta.

CALIBÁN [*aparte*]

Si no son espíritus, son seres superiores. Éste es un gran dios y lleva licor celestial. Me postraré ante él.

ESTEBAN

¿Cómo te salvaste? ¿Cómo has llegado hasta aquí? Jura por esta botella cómo has llegado (yo me salvé sobre un barril de jerez [26] que tiraron por la borda); jura por esta botella: la hice yo mismo con la corteza de un árbol desde que llegué a tierra.

CALIBÁN

Juro por tu botella que seré tu siervo fiel, pues el licor no es terrenal.

ESTEBAN

Vamos, jura cómo te salvaste.

TRÍNCULO

Hombre, nadando como un pato. Sé nadar como un pato, lo juro.

ESTEBAN

Vamos, besa la Biblia [27]. [*Le pasa la botella.*] Aunque nades como un pato, estás hecho un ganso.

TRÍNCULO

¡Ah, Esteban! ¿Te queda más de esto?

---

[26]   En el original, *sack*. Con este término también podía designarse al vino de Canarias.

[27]   Es decir, júralo bebiendo.

ESTEBAN

¡El barril entero, hombre! Mi bodega está en una cueva, en las rocas, y allí se esconde el vino. — ¿Qué hay, aborto? ¿Qué tal tu calentura?

CALIBÁN

¿No has caído del cielo?

ESTEBAN

De la luna, te lo juro. Érase una vez un hombre en la luna, y era yo.

CALIBÁN

He visto tu cara en ella, y te adoro. Mi ama me la enseñó, y tu perro y tu espino [28].

ESTEBAN

Vamos, júralo; besa esta Biblia. En seguida le amplío el contenido. Jura.

[*Bebe* CALIBÁN.]

TRÍNCULO

¡Luz del cielo, qué monstruo más tonto! ¿Yo tenerle miedo? ¡Será bobo el monstruo! ¿Un hombre en la luna? ¡El monstruo es de lo más crédulo! — Buen trago, monstruo, de veras.

CALIBÁN

Te enseñaré cada palmo fértil de la isla y te besaré los pies. Te lo ruego, sé mi dios.

TRÍNCULO

¡Luz del cielo! El monstruo es pérfido y borracho. Cuando duerma su dios, le quitará la botella.

CALIBÁN

Te besaré los pies. Juro que seré tu siervo.

ESTEBAN

Muy bien. ¡Al suelo, y jura!

---

[28] Según la leyenda, en la luna hay un hombre que lleva un manojo de espinos y va acompañado por un perro.

TRÍNCULO

Me matará de la risa este monstruo cara-perro. ¡Qué gra-
nuja de monstruo! Le daría una paliza...

ESTEBAN

Vamos, besa.

TRÍNCULO

... si no es porque está borracho. ¡Vaya un monstruo abomi-
nable!

CALIBÁN

Verás las mejores fuentes, te cogeré bayas,
pescaré para ti y te traeré mucha leña.
¡Mala peste al tirano de mi amo!
No le llevaré una astilla; te serviré a ti,
ser maravilloso.

TRÍNCULO

¡Qué monstruo más absurdo! ¡Llamar maravilla a un pobre
borracho!

CALIBÁN

Deja que te lleve donde crecen las manzanas;
te sacaré criadillas de tierra con las uñas,
te enseñaré nidos de arrendajo y verás
cómo se atrapa al rápido tití. Te llevaré
donde hay avellanas a racimos y te traeré
polluelos de la roca. ¿Querrás venir conmigo?

ESTEBAN

Anda, llévanos y no hables más. — Trínculo, ahogados el
rey y su séquito, tomamos el mando nosotros. — Tú, toma,
lleva la botella. — Amigo Trínculo, en seguida la llenamos.

CALIBÁN, *canta borracho*

               Adiós, amo, adiós, adiós.

TRÍNCULO

Un monstruo chillón, un monstruo borracho.

CALIBÁN [*canta*]

          No haré presas para el pez,
          ni traeré leña
          porque él quiera,
          ni más platos fregaré.

Ban, ban, Ca-Calibán
tiene otro amo. — ¡Busca a otro ya! [29]
¡Libertad, fiesta! ¡Fiesta, libertad! ¡Libertad, fiesta, libertad!

ESTEBAN
¡Qué gran monstruo! — Llévanos.

Salen.

III.i   *Entra* FERNANDO *cargado con un leño.*

FERNANDO
Hay juegos fatigosos, mas el esfuerzo
destaca el placer que nos dan; algunas bajezas
se soportan noblemente, y lo más pobre
acaba en riqueza. Mi humilde labor
me sería enojosa y detestable
si no fuera por mi amada, que da vida
a lo muerto y placer a mis trabajos.
Ah, ella es diez veces más dulce que su padre,
agrio y hecho de aspereza. Cumpliendo
su dura orden, he de llevar varios miles
de estos leños y apilarlos. Mi amada llora
de verme trabajar y dice que esta servidumbre
nunca tuvo tal criado. Me entretengo;
mis gratos pensamientos me reaniman,
y más activo estoy si me distraigo.

Entran MIRANDA, *y* PRÓSPERO [*sin ser visto*].

MIRANDA
¡Ah, te lo suplico,
no trabajes tanto! ¡Así fulminase el rayo
esa leña que debes apilar!

---

[29]   Dirigido a Próspero. No se conserva la melodía original de la canción de Calibán.

Anda, déjala en el suelo y descansa.
Cuando arda, llorará por haberte fatigado.
Mi padre está con sus estudios. Anda, descansa.
Estarás a salvo de él tres horas.

FERNANDO

Mi dulce amada, se pondrá el sol
sin que yo haya cumplido mi tarea.

MIRANDA

Siéntate y, mientras, yo llevaré la leña.
Anda, dame eso; yo lo llevo al montón.

FERNANDO

No, celestial criatura. Me romperé
las fibras y me partiré la espalda
antes que por mi holganza tú te humilles.

MIRANDA

Tan propio sería de mí como de ti,
y yo lo haría con más facilidad,
pues mi ánimo es propicio, y el tuyo, adverso.

PRÓSPERO [*aparte*]

¡Pobre gusanito! Ya estás infectada.
Tu visita lo demuestra.

MIRANDA

Estás cansado.

FERNANDO

No, mi noble amada: para mí sería la aurora
si de noche estuvieras a mi lado. Y ahora, dime,
para que pueda nombrarte cuando rezo.
¿Cómo te llamas?

MIRANDA

Miranda. — ¡Ah, padre!
¡He violado tu orden al decirlo!

FERNANDO

¡Admirable Miranda,
cumbre de toda admiración, que vales
lo que el mundo más estima! He mirado
a muchas damas bien atento, y muchas veces
la armonía de su voz ha cautivado

mis ávidos oídos. Por diversas virtudes
me han gustado diversas mujeres; ninguna
con tal ceguera que no viese algún defecto
en riña con sus más nobles encantos
hasta dejarlos vencidos. Pero tú, ¡ah, tú!,
tan perfecta y sin par, fuiste creada
de las bondades de todas.

MIRANDA

No conozco a nadie de mi sexo,
ni recuerdo un rostro de mujer, salvo el mío
en el espejo; y que pueda llamar hombres,
yo no he visto más que a ti, buen amigo,
y a mi padre. Ignoro cuál sea la figura
de otras gentes, mas, por mi pureza,
joya de mi dote, en el mundo no deseo
más compañero que tú; y a ninguno
puede dar forma la imaginación
que me guste más que tú. Pero hablo
demasiado, y no obedezco
los preceptos de mi padre.

FERNANDO

Por mi estado soy príncipe, Miranda,
quizá rey (ojalá no), y no menos me repugna
esta servidumbre de leñero que dejar
que la moscarda mancille mi boca [30]. Te hablo
con el alma: apenas te vi, mi corazón
fue volando a tu servicio, en el que permanece
hasta hacer de mí un esclavo. Por ti
soy un leñero tan sufrido.

MIRANDA

¿Me quieres?

FERNANDO

¡Cielos, tierra! Dad fe de mis palabras
y, si digo la verdad, premiad con buen suceso
cuanto afirmo; si miento, traed

---

[30] Porque pone huevos en la carne muerta.

el mal a lo mejor de mi futuro:
más allá de los límites del mundo
yo te quiero, estimo y venero.
MIRANDA
Soy tonta llorando por lo que me alegra.
PRÓSPERO [*aparte*]
¡Qué bella unión de excelsos amores!
¡El cielo derrame gracia
sobre lo que nace entre ellos!
FERNANDO
¿Por qué lloras?
MIRANDA
Por mi insignificancia. No me atrevo
a ofrecer lo que deseo dar, y menos a tomar
lo que perder me mataría. Pero es inútil:
cuanto más procura ocultarse,
más se ve el bulto. ¡Basta de melindres!
¡Hable por mí la franca y santa inocencia!
Si te casas conmigo, soy tu esposa;
si no, moriré tu doncella. Puedes negarte
a que sea tu compañera, mas, quieras o no,
seré tu sierva.
FERNANDO
Mi dueña, querida mía,
y yo ahora y siempre a tus pies.
MIRANDA
¿Entonces, esposo?
FERNANDO
Sí, y deseándolo tanto
como el esclavo ser libre. Mi mano.
MIRANDA
La mía, y en ella el corazón. Y ahora,
adiós y hasta muy pronto.
FERNANDO
¡Mil adioses, mil!

Salen.

PRÓSPERO

No puedo estar tan contento como ellos,
que están maravillados, mas mi alegría
no puede ser mayor. Vuelvo a mi libro,
pues antes de la cena he de ocuparme
de asuntos pertinentes.

Sale.

III.ii   *Entran* CALIBÁN, ESTEBAN y TRÍNCULO.

ESTEBAN [*a* TRÍNCULO]

Tú calla. Cuando se acabe el barril, beberemos agua. Antes,
ni una gota. Conque, ¡al abordaje! — ¡Siervo-monstruo,
bebe a mi salud!

TRÍNCULO

¡Siervo-monstruo! ¡La quimera de la isla! Dicen que sólo
somos cinco en esta isla: tres, nosotros. Como los otros dos
tengan nuestras luces, el país se tambalea.

ESTEBAN

Siervo-monstruo, tú bebe cuando te lo diga. Los ojos se te
han metido en la cabeza.

TRÍNCULO

¿Dónde los va a tener metidos? ¡Menudo monstruo sería si
los tuviera en el rabo!

ESTEBAN

Mi siervo-monstruo tiene la lengua ahogada en jerez. Pero a
mí no me ahogó el mar: antes de llegar a tierra nadé treinta
y cinco leguas de acá para allá, lo juro. — Tú serás mi te-
niente, monstruo, o mi alférez.

TRÍNCULO

Será alférez, que tenerse no se tiene.

ESTEBAN

No vamos a huir, *monsieur* Monstruo.

TRÍNCULO

Ni tampoco a andar, pero tú estarás tirado como un perro, y
sin ladrar.

ESTEBAN

¡Eh, aborto! Si eres un buen aborto, habla por una vez en tu
vida.

CALIBÁN

¿Cómo estás, Alteza? Deja que te lama el zapato. A éste no
le serviré, que no es valiente.

TRÍNCULO

¡Mentira, monstruo ignorante! Estoy para zurrarle a un al-
guacil. Tú, pez borracho, tú, ¿cuándo hubo cobarde que be-
biera tanto vino como hoy yo? ¿Cómo dices mentira tan
monstruosa siendo sólo medio pez y medio monstruo?

CALIBÁN

¡Mira cómo se ríe de mí! ¿Lo vas a permitir, señor?

TRÍNCULO

¿Ha dicho «señor»? ¡Habrá monstruo más idiota!

CALIBÁN

¡Mira, otra vez! Anda, mátalo a mordiscos.

ESTEBAN

Trínculo, no seas ligero de lengua. Si te amotinas, ¡al primer árbol! El pobre monstruo es mi siervo, y no sufrirá in-
dignidad.

CALIBÁN

Gracias, noble señor. ¿Tienes a bien volver a oír mi petición?

ESTEBAN

¡Pues, claro! Repítela de rodillas. Yo sigo de pie, y también
Trínculo.

Entra ARIEL, *invisible.*

CALIBÁN

Como te he dicho, soy siervo de un tirano, un mago que me
ha afanado la isla con su arte.

ARIEL

¡Mentiroso!

CALIBÁN [a TRÍNCULO]

¡Mentiroso tú, mono bufón! ¡Así te mate mi valiente amo!
Yo no miento.

ESTEBAN

Trínculo, como le interrumpas otra vez, te juro que te
arranco algunos dientes.

TRÍNCULO

¡Si no he dicho nada!

ESTEBAN

Entonces silencio y basta. — Sigue.

CALIBÁN

Digo que logró esta isla con su magia;
me la quitó. Si tiene a bien Tu Alteza
tomar venganza en él... Porque tú te atreves,
y éste, no.

ESTEBAN

Claro que sí.

CALIBÁN

Tú serás su dueño, y yo te serviré.

ESTEBAN

¿Y eso cómo se hace? ¿Puedes llevarme hasta esa persona?

CALIBÁN

Claro, señor. Te lo mostraré dormido,
y podrás meterle un clavo en la cabeza.

ARIEL

¡Embustero! No podrás.

CALIBÁN

¡Vaya un colorines! [31]. ¡Bufón asqueroso!
Suplico a Tu Alteza que le des de palos
y le quites la botella. Cuando no la tenga,
que beba agua de mar, porque yo
no le enseñaré los manantiales.

---

[31] Probable referencia al traje abigarrado o arlequinado del bufón Trínculo.

ESTEBAN

Trínculo, no te busques más peligros. Interrumpe otra vez al
monstruo, y te juro que, sin más lástima, te dejo como un
bacalao.

TRÍNCULO

Pero, ¿qué he hecho? ¡Si no he hecho nada! Voy a apartarme.

ESTEBAN

¿No le has llamado embustero?

ARIEL

¡Embustero!

ESTEBAN

¿Ah, sí? ¡Pues toma! [*Le pega a* TRÍNCULO.] Si te ha gustado, vuelve a decirme embustero.

TRÍNCULO

¡Yo no te he dicho embustero! ¿No tienes seso ni oído?
¡Maldita botella! Todo viene del jerez y del trincar. ¡Mala
peste al monstruo y el diablo se lleve tus dedos!

CALIBÁN

¡Ja, ja, ja!

ESTEBAN

Ahora sigue con tu historia. — Tú apártate más.

CALIBÁN

Pégale bien, que dentro de un rato
yo también le pegaré.

ESTEBAN

Más lejos. — Vamos, continúa.

CALIBÁN

Como te he dicho, tiene por costumbre
dormir la siesta. Ahí le chafas los sesos
tras quitarle sus libros; o le aplastas el cráneo
con un leño, o con una estaca lo destripas,
o con tu cuchillo le cortas el gaznate.
Primero hazte con sus libros, que, sin ellos,
es tan tonto como yo, y no tendrá
ni un espíritu a sus órdenes: le odian todos
tan mortalmente como yo. Quémale los libros.
Tiene finos enseres (así los llama él)

para, cuando tenga casa, componerla.
Y lo que más has de tener presente
es la belleza de su hija. Él mismo
la llama «sin par». No he visto a más mujer
que a Sícorax, mi madre, y a ella;
pero ella aventaja tanto a Sícorax
como lo más a lo menos.

ESTEBAN

¿Tan hermosa es?

CALIBÁN

Sí, mi señor. Le vendrá bien a tu cama,
y te dará buena prole.

ESTEBAN

Monstruo, voy a matar a ese hombre. Su hija y yo seremos
rey y reina (¡Dios salve a los reyes!), y Trínculo y tú seréis
virreyes. — ¿Qué te parece el arreglo, Trínculo?

TRÍNCULO

Formidable.

ESTEBAN

Dame la mano. Siento haberte pegado. Pero, mientras vi-
vas, no seas ligero de lengua.

CALIBÁN

Dentro de media hora dormirá.
¿Le matarás entonces?

ESTEBAN

Te lo juro por mi honor.

ARIEL

Se lo contaré a mi amo.

CALIBÁN

Me das alegría. Estoy muy contento.
¡Venga regocijo! ¿Queréis cantar ese canon
que me acabáis de enseñar?

ESTEBAN

A petición tuya, monstruo, cualquier cosa justa. Vamos,
Trínculo. ¡A cantar!

Canta.

> Búrlate y mófate,
> y ríete y búrlate.
> Pensar es libre [32].

CALIBÁN
Ésa no es la música.

> ARIEL *toca la canción con flauta y tamboril.*

ESTEBAN
¿Qué es esto?

TRÍNCULO
La música de nuestra canción, tocada por don Nadie.

ESTEBAN
Si eres hombre, muéstrate como tal. Si eres un diablo, como
quieras.

TRÍNCULO
¡Ah, perdona mis pecados!

ESTEBAN
Quien muere paga sus deudas. ¡Te desafío! — ¡Misericordia!

CALIBÁN
¿Tienes miedo?

ESTEBAN
No, monstruo, qué va.

CALIBÁN
No temas; la isla está llena de sonidos
y músicas suaves que deleitan y no dañan.
Unas veces resuena en mi oído el vibrar
de mil instrumentos, y otras son voces
que, si he despertado tras un largo sueño,
de nuevo me hacen dormir. Y, al soñar,

---

[32]   No se conserva la melodía original de esta canción. Si fuera el canon
que pide Calibán, tendría que cantarse entrando las voces sucesivamente,
repitiendo cada una el canto de la que antecede. Un ejemplo de canon en su
forma más simple es «Lego Diego» («Frère Jacques»).

las nubes se me abren mostrando riquezas
a punto de lloverme, así que despierto
y lloro por seguir soñando.

ESTEBAN

Para mí esto va a ser un gran reino: tendré música gratis.

CALIBÁN

Después de matar a Próspero.

ESTEBAN

Eso será en seguida. No olvido tu historia.

TRÍNCULO

El sonido se aleja. Sigámoslo, y después, manos a la obra.

ESTEBAN

Guíanos, monstruo, te seguimos. Ojalá viera al tamborilero.
Toca con garbo.

TRÍNCULO

¿Vienes? Voy contigo, Esteban.

Salen.

III.iii   *Entran* ALONSO, SEBASTIÁN, ANTONIO, GONZALO,
ADRIÁN, FRANCISCO, *etc.*

GONZALO

¡Válgame! No puedo seguir, señor; me duelen
mis viejos huesos. ¡Buen laberinto llevamos
de sendas derechas y quebradas! Permitidme;
debo descansar.

ALONSO

Anciano, no puedo reprochároslo:
también a mí me vence la fatiga
y me embota los sentidos. Sentaos y descansad.
Desde ahora abandono mi esperanza
y no dejo que me halague. Se ahogó
el que buscábamos errantes, y el mar se ríe
de nuestra búsqueda en tierra. ¡Resignación!

ANTONIO [*aparte a* SEBASTIÁN]
  Me alegro de que esté sin esperanzas.
  Porque se haya frustrado, no desistas
  de llevar a cabo tu proyecto.
SEBASTIÁN [*aparte a* ANTONIO]
  En la próxima ocasión, y sin reservas.
ANTONIO [*aparte a* SEBASTIÁN]
  Que sea esta noche.
  Si están extenuados del camino,
  no querrán ni podrán mantener la vigilancia
  como cuando están despiertos.
SEBASTIÁN [*aparte a* ANTONIO]
  Pues esta noche. Ya basta.

> *Música extraña y solemne, y* [*entra*] PRÓSPERO
> *en lo alto, invisible* [33].

ALONSO
  ¿Qué es esta armonía? Amigos míos, escuchad.
GONZALO
  Una música dulcísima.

> *Entran diversas figuras extrañas trayendo un
> banquete; bailan a su alrededor con gentiles sa-
> ludos, invitando al rey, etc., a comer, y salen.*

ALONSO
  ¡Cielos, danos ángeles custodios! ¿Qué eran ésos?
SEBASTIÁN
  ¡Títeres vivientes! Ahora creeré
  que existe el unicornio, que en Arabia
  hay un árbol, el trono del fénix, y que en él
  en este instante reina un fénix.

---

[33] Es decir, convencionalmente invisible. Como antes Ariel, Próspero no
es visto por los personajes que están en escena (véase nota 8, pág. 60).

ANTONIO

Yo me creeré ambas cosas.
Y si a lo demás no dan crédito, que vengan
y les juraré que es verdad. Los viajeros
nunca engañan, aunque los tontos los condenen.

GONZALO

Si contara esto en Nápoles, ¿quién me creería?
Si dijera que vi a estos isleños...,
pues sin duda son gentes de esta isla,
que, aunque no tengan figura de hombres,
han sido más afables y corteses
que muchos que veréis de nuestro género humano;
vamos, más que casi todos.

PRÓSPERO [*aparte*]

Mi noble señor,
dices bien: algunos de los presentes
sois peores que diablos.

ALONSO

No deja de asombrarme
el que esas figuras, con gestos y sonidos,
y sin tener el uso del habla,
se expresaran tan bien en lengua muda.

PRÓSPERO [*aparte*]

Los elogios, al final.

FRANCISCO

Se esfumaron misteriosamente.

SEBASTIÁN

No importa, pues se han dejado
las viandas, y tenemos apetito. —
¿Quieres probar lo que hay aquí?

ALONSO

No.

GONZALO

Señor, no temáis. Cuando éramos niños,
¿quién habría creído que hubiera montañeses
papudos como toros, con bolsas de carne

colgándoles del garguero, y hombres
con la cabeza saliéndoles del pecho?
Pues ahora los viajeros de cinco por uno
nos traen buenas pruebas[34].

ALONSO

En fin, me pondré a comer, aunque sea
mi última comida. No importa; para mí
lo bueno ya pasó. Hermano, mi señor duque,
poneos a comer como yo.

Truenos y relámpagos.
Entra ARIEL *en forma de arpía, aletea sobre la*
mesa, y mediante un artificio desaparece el ban-
quete[35].

ARIEL

Sois tres pecadores, a los que el destino,
de quien es instrumento este mundo
y cuanto hay en él, ha dispuesto que el mar
insaciable os arroje a esta isla,
no habitada por el hombre, a vosotros,
indignos de vivir entre los hombres.
Os he enfurecido, y con un furor tal
que lleva a los hombres a ahogarse y ahorcarse.

[*Desenvainan* ALONSO, SEBASTIÁN y ANTONIO.]

¡Necios! Mis compañeros y yo somos
agentes del destino. Los elementos

---

[34]   Referencia a una forma de seguro, según la cual si el viajero regresaba
pudiendo demostrar que había llegado a su destino, se le devolvía cinco veces la cantidad asegurada. De lo contrario, perdía esta cantidad.
[35]   La aparición de Ariel en forma de arpía está basada en un pasaje semejante del libro tercero de la *Eneida*. El «artificio» (en el original, *quaint
device)* no es sólo el modo ingenioso de hacerlo, sino, al parecer, un meca-
nismo escénico del que disponía la compañía de Shakespeare.

que templaron vuestras armas igual pueden
herir al bronco viento o con bufas estocadas
matar el agua, que al punto se cierra,
que dañar un pelo de mis plumas. Mis hermanos
son igual de invulnerables. Aun pudiendo herir,
vuestro acero es muy pesado para vuestras fuerzas
y no podéis alzarlo. Recordad,
pues éste es mi mensaje, que los tres
expulsasteis de Milán al buen Próspero
y expusisteis al mar, que ya se ha desquitado,
a él y a su inocente hija. Por esta infamia,
los dioses, que aplazan, mas no olvidan,
han inflamado a orillas y mares, y a todos
los seres contra vuestra paz. A ti, Alonso,
te han quitado a tu hijo y te anuncian por mi boca
que una lenta perdición, peor que cualquier
muerte brusca, habrá de acompañar
todos tus pasos. Para guardaros de su ira,
que en esta isla desolada caería
sobre vosotros, sólo os queda el pesar
y, desde ahora, una vida recta.

> *Desaparece con un trueno. Al son de una música*
> *suave vuelven a entrar las figuras, bailan con*
> *muecas y visajes y [salen] llevándose la mesa.*

PRÓSPERO [*aparte*]
El papel de arpía, mi Ariel, lo has hecho
perfecto; tenía una gracia arrebatadora.
De cuanto te he ordenado que dijeras,
nada has omitido, y mis espíritus
menores han actuado muy al vivo
y con primoroso esmero. Mis conjuros
han obrado y mis enemigos están todos
en la red de su extravío. Están en mi poder.
Los dejaré en su trastorno, mientras veo

a Fernando, a quien suponen ahogado,
y a nuestra amada Miranda.

[*Sale.*]

GONZALO
En nombre de todo lo sagrado, señor,
¿por qué os quedáis estupefacto?
ALONSO
¡Ah, es espantoso, espantoso! Creí
que las olas me hablaban y me lo decían,
que el viento me lo cantaba y que el trueno,
ese órgano grave y tremendo, pronunciaba
el nombre de Próspero; mi crimen retumbaba.
Por él está mi hijo en el fondo cenagoso.
Le buscaré donde no alcance la sonda
y con él yaceré en el fango.

Sale.

SEBASTIÁN
Si vienen uno a uno,
lucharé contra todos los demonios.
ANTONIO
Y yo os secundaré.

Salen [SEBASTIÁN y ANTONIO].

GONZALO
Los tres están alterados. Su gran culpa,
cual veneno que actuase retardado,
comienza a remorderles. Os lo ruego,
vosotros que sois más ágiles, id tras ellos
e impedid cualquier acción
a que les lleve su demencia.

ADRIÁN
  ¡Vamos, seguidme!

  Salen todos.

IV.i   *Entran* PRÓSPERO, FERNANDO y MIRANDA.

PRÓSPERO
  Si te he impuesto un castigo tan penoso,
  tu recompensa lo repara, pues
  te he dado un tercio de mi vida,
  la razón por la que vivo. De nuevo
  te la doy. Todas tus penalidades
  sólo han sido una prueba de tu amor,
  y tú la has superado a maravilla.
  Ante el cielo ratifico mi regalo.
  ¡Ah, Fernando! No sonrías si la enaltezco,
  pues verás que rebasa todo elogio
  y lo deja sin aliento.
FERNANDO
  Lo creería más que un oráculo.
PRÓSPERO
  Entonces, cual presente y como bien
  dignamente conquistado, toma a mi hija.
  Mas si rompes su nudo virginal
  antes que todas las sagradas ceremonias
  se celebren según el santo rito,
  el hisopo del cielo no bendecirá
  vuestra unión: el estéril odio,
  el torvo desdén y la discordia cubrirán
  vuestro lecho de tan malas hierbas [36]
  que ambos lo odiaréis. Así que ten cuidado
  y la luz de Himeneo os ilumine.

---

[36]   En vez de flores, con las que solía cubrirse el lecho de bodas.

FERNANDO
     Como espero días de paz, hermosa descendencia
     y larga vida con amor como el que siento,
     ni el antro más oscuro, ni el lugar más propicio,
     ni la mayor tentación de nuestra carne
     cambiará mi honor en lujuria, quitándome
     la dicha de la celebración, cuando piense
     que se han desplomado los corceles de Febo
     o que la Noche yace encadenada [37].

PRÓSPERO
     Hermosas palabras. Entonces,
     siéntate y habla con ella; tuya es. —
     ¡Ariel! ¡Ariel, siervo laborioso!

                    Entra ARIEL.

ARIEL
     Aquí estoy. ¿Qué desea mi poderoso amo?

PRÓSPERO
     Tus hermanos menores y tú cumplisteis
     muy bien vuestro papel y ahora he de emplearos
     en artificio semejante. Trae a la cuadrilla
     sobre la cual te he dado autoridad.
     Haz que acudan pronto: voy a ofrecer
     a los ojos de esta joven pareja
     alguna muestra de mi magia. Se lo prometí
     y ellos lo esperan.

ARIEL
     ¿Ahora mismo?

PRÓSPERO
     En el acto.

ARIEL
     Antes que digas «ven ya»,
     respires, grites «quizás»,

---

[37]   Es decir, que no llegará la noche de bodas, especialmente si los ca-
ballos de Febo, dios del sol, han caído de cansancio.

en su danza, cada cual
con muecas acudirá.
Me quieres, amo, ¿verdad?

PRÓSPERO

Con el alma, primoroso Ariel.
No vengas hasta que te llame.

ARIEL

Entendido.

Sale.

PRÓSPERO

Cumple tu palabra. No des rienda suelta
a los retozos. El más firme juramento es paja
para el fuego de la carne. Refrénate,
que, si no, adiós a tu promesa.

FERNANDO

Os aseguro que la fría
nieve virginal que hay en mi pecho
entibia mi ardor.

PRÓSPERO

Bien. — Ven ya, mi Ariel. Trae espíritus de más
antes que pocos. ¡Muéstrate, pronto! —
¡Callen lenguas! ¡Miren ojos! ¡Silencio!

Música suave.
Entra IRIS.

IRIS

Ubérrima Ceres, tus campos de avena,
de trigo, centeno, cebada y arveja;
tus verdes montañas, donde ovejas pacen,
tus prados, que a ellas regalan forraje;
tus frescas riberas, de guardados bordes,
que el pluvioso abril adorna a tu orden,

para que las ninfas se trencen coronas;
y tus sotos, que al amante ofrecen sombra
cuando es rechazado; tus podadas viñas,
y tus costas, tan rocosas y baldías,
en las que te oreas; todo esto deja.
Te lo manda Juno, de quien mensajera
y arco iris soy. Con Su Majestad,
aquí, en la majada, en este lugar,
únete al festejo.

JUNO *aparece en el aire* [38].

Sus pavones vuelan [39].
Acércate, Ceres; disponte a acogerla.

Entra CERES [*representada por* ARIEL].

CERES
Salud a ti, emisaria de colores,
que obedeces siempre a la esposa de Jove;
que en mis flores dejas, con doradas alas,
tus gotas de miel y tu lluvia mansa;
que coronas con cada extremo del arco
mis tierras boscosas y mis cerros áridos
cual regio cendal. ¿Por qué tu Señora
sobre este suave césped me convoca?
IRIS
Para que festejes un pacto de amor
y les hagas generosa donación
a los amantes.

---

[38]   En el original de 1623, *Juno descends*. Sigo a Wells y Taylor, quienes en su edición optan convincentemente por indicar aquí la aparición de la diosa en lo alto e indicar más adelante su descenso.
[39]   Los pavos reales eran las aves sagradas de la diosa Juno. Aquí «vuelan» tirando de su carro.

CERES

         Celeste arco, dime:
¿Sabes si aún Venus o Cupido sirven
a tu excelsa reina? Desde que su intriga
hizo que Plutón raptase a mi hija [40],
yo siempre he evitado su vil sociedad
y a su ciego hijo.

IRIS

         Pues no sufrirás
por su compañía. Yo vi a esa deidad
y con ella al hijo en carro de palomas
volar hacia Pafos [41]. Tramaban ahora
un ardiente hechizo contra estos amantes,
que el lecho amoroso no han de gozar antes
que brille Himeneo. Mas todo fue en vano:
la sensual amada de Marte ha tornado,
su vehemente hijo sus flechas ya rompe,
pues ahora jugará con gorriones
y sólo será un niño.

        [*Desciende* JUNO.]

CERES

         Se acerca ya
la gran reina Juno; conozco su andar.

JUNO

¿Cómo está mi generosa hermana? Ven,
bendigamos la pareja, para que,
prósperos, los honre su progenie.

        Cantan.

---

[40] Proserpina (o Perséfone). Véase al respecto Introducción, pág. 27.
[41] Ciudad antigua de Chipre, famosa por su culto a Afrodita (Venus).

¡Honra, bienes, bendición,
larga vida, sucesión,
nunca dicha os abandone!
Juno os canta bendiciones.

[CERES]

Pingües frutos y cosechas
y las trojes siempre llenas,
vides de racimos densos,
plantas curvadas del peso.
¡Que os llegue la primavera
al final de la cosecha!
La escasez os rehuirá,
Ceres os bendecirá.

FERNANDO

Una visión majestuosa
y de armonioso hechizo. ¿Debo pensar
que estoy ante espíritus?

PRÓSPERO

Espíritus, que con mi arte
saqué de su morada para representar
mi fantasía.

FERNANDO

Dejad que por siempre viva aquí.
Un padre tan prodigioso y tal esposa [42]
hacen del lugar un paraíso.

> JUNO y CERES *musitan, y mandan a* IRIS *a un recado.*

PRÓSPERO

Silencio, amigo. Juno y Ceres
musitan muy serias. Se ve que falta
alguna cosa. No hables ahora, que, si no,
se deshace el sortilegio.

---

[42] Véase Notas complementarias 5, pág. 138.

IRIS

Náyades o ninfas de undosos arroyos,
diademas de juncos e inocentes ojos,
dejad el murmullo, acudid al prado.
Os convoca Juno; ella lo ha ordenado.
Venid, castas ninfas; celebremos todas
un pacto de amor. Venid sin demora.

Entran varias ninfas.

Curtidos segadores, hartos de agosto,
dejad ya las mieses y venid gozosos.
Haced fiesta; vuestros sombreros de paja
llevad, y a una ninfa en rústica danza
tomad por pareja.

Entran varios segadores convenientemente vesti-
dos. Se unen a las ninfas en graciosa danza, ha-
cia cuyo fin PRÓSPERO *de pronto se sobresalta y*
habla.

PRÓSPERO

Me olvidaba de la infame conjura
contra mi vida de la bestia Calibán
y sus confabulados. Ya se acerca
el momento de su intriga. — Muy bien, marchaos. Ya basta.

Con un ruido extraño, sordo y confuso [los espí-
ritus] desaparecen apenados.

FERNANDO

Es extraño. A tu padre le conturba
el ánimo alguna emoción.

MIRANDA

Nunca le había visto tan airado
y descompuesto.

PRÓSPERO
Te veo preocupado, hijo mío,
y como abatido. Recobra el ánimo.
Nuestra fiesta ha terminado. Los actores,
como ya te dije, eran espíritus
y se han disuelto en aire, en aire leve,
y, cual la obra sin cimientos de esta fantasía,
las torres con sus nubes, los regios palacios,
los templos solemnes, el inmenso mundo
y cuantos lo hereden, todo se disipará
e, igual que se ha esfumado mi etérea función,
no quedará ni polvo. Somos de la misma
sustancia que los sueños, y nuestra breve vida
culmina en un dormir. Estoy turbado.
Disculpa mi flaqueza; mi mente está agitada.
No te inquiete mi dolencia. Si gustas,
retírate a mi celda y reposa.
Pasearé un momento por calmar
mi ánimo excitado.
FERNANDO y MIRANDA
Os deseamos paz.

Salen.

PRÓSPERO
¡Ven al instante! Gracias, Ariel. Ven.

Entra ARIEL.

ARIEL
Me debo a tus pensamientos. ¿Qué deseas?
PRÓSPERO
Espíritu, hay que enfrentarse a Calibán.
ARIEL
Sí, mi señor. Cuando hacía de Ceres
pensé decírtelo, pero temí
que te enojases.

LA TEMPESTAD IV.i   *113*

PRÓSPERO
   Repíteme dónde dejaste a esos granujas.
ARIEL
   Te dije que estaban inflamados de beber,
   tan envalentonados que herían el aire
   por soplarles en la cara, y el suelo
   por tocarles los pies, aunque siempre
   persistiendo en su objetivo. Toqué mi tamboril,
   y ellos, cual potrillos, aguzaron las orejas,
   abrieron los párpados y alzaron la nariz
   como si olieran música. Les embrujé el oído,
   y ellos, cual terneros, siguieron mi mugir
   por zarzas, espinos y aliagas pinchosas
   que se clavaban en sus tiernos tobillos.
   Los dejé en la inmunda charca, tras tu celda,
   bailando con el agua hasta el mentón
   y la poza, más hedionda que sus pies.
PRÓSPERO
   Buen trabajo, pajarillo. Continúa invisible.
   Trae de mi casa la ropa de gala;
   será un buen señuelo para estos ladrones.
ARIEL
   Voy, voy.

                        Sale.

PRÓSPERO
   Un diablo, un diablo nato, cuya naturaleza
   no admite educación, y en quien el esfuerzo
   que me tomé humanamente fue inútil, estéril.
   Cual su cuerpo se afea con los años,
   su alma se corrompe. Los voy a atormentar
   hasta que aúllen.

                  Entra ARIEL *cargado de ropa vistosa, etc.*

Ven, cuélgalos en este tilo.

Entran CALIBÁN, ESTEBAN *y* TRÍNCULO, *todos mojados.*

CALIBÁN

No hagáis ruido al andar, que ni el topo
oiga un paso. Estamos cerca de su celda.

ESTEBAN

Monstruo, ese duende [43], al que crees inofensivo, no ha hecho más que tomarnos el pelo.

TRÍNCULO

Monstruo, apesto a orín de caballo, y se me irritan las na-
rices.

ESTEBAN

Y a mí. Óyeme, monstruo. Como te coja antipatía...

TRÍNCULO

Serás monstruo muerto.

CALIBÁN

Buen señor, no me retires tu gracia.
Ten paciencia, que el premio que voy a darte
borrará este contratiempo; así que habla bajo:
todo está más tranquilo que la noche.

TRÍNCULO

¡Sí, pero perder las botellas en la charca...!

ESTEBAN

No es sólo vergüenza y deshonor, monstruo, sino una inmensa pérdida.

TRÍNCULO

Para mí es peor que mojarme. ¡Monstruo, fue tu duende
inofensivo!

ESTEBAN

Yo voy a recobrar la botella, aunque me ahogue buscándola.

_____

[43]   Ariel.

CALIBÁN

Cálmate, mi rey, te lo ruego. Mira:
es la boca de la celda. No hagas ruido, y adentro.
Comete el buen crimen que ha de darte
esta isla para siempre, y yo, tu Calibán,
seré tu eterno lamepiés.

ESTEBAN

Dame la mano. Me vienen pensamientos sanguinarios.

TRÍNCULO

¡Ah, rey Esteban! ¡Ah, señor! ¡Ah, gran Esteban! ¡Mira el
guardarropa que tienes aquí!

CALIBÁN

Deja eso, tonto, que es desecho.

TRÍNCULO

Oye, monstruo: sabemos lo que va al trapero. ¡Ah, rey Esteban!

ESTEBAN

¡Quítate esa capa, Trínculo! ¡Te juro que esa capa será mía!

TRÍNCULO

Sea de Tu Majestad.

CALIBÁN

¡Malhaya este necio! ¿Cómo os dejáis
embobar con tal estorbo? Dejad eso,
que primero hay que matarle. Como despierte,
nos dará tantos pellizcos de pies a cabeza
que nos va a dejar buenos.

ESTEBAN

Tú calla, monstruo. Señor tilo, ¿no es mío este jubón? El jubón ya está bajo el Ecuador. Ahora, jubón, perderás la pe-
lusa y te quedarás calvo [44].

TRÍNCULO

Eso, que, con la venia, nosotros robamos por lo bajo.

---

[44] Como se decía que perdían el pelo por fiebres tropicales quienes pasa-
ban el Ecuador.

ESTEBAN

Gracias por el chiste. En premio, toma esta ropa. Mientras
yo sea el rey de este país, el ingenio no quedará sin recompensa. Eso de «robar por lo bajo» es un buen golpe de ingenio. En premio, toma más ropa.

TRÍNCULO

Anda, monstruo. Ponte liga en los dedos y arrambla con lo
demás.

CALIBÁN

No quiero nada. Perderemos la ocasión,
y él nos convertirá en barnaclas
o en monos de frente innoble.

ESTEBAN

Monstruo, tú a trabajar. Ayuda a llevar esto donde guardo el
barril, o te expulso de mi reino. Vamos, lleva esto.

TRÍNCULO

Y esto.

ESTEBAN

Sí, y esto.

> *Se oye ruido de cazadores. Entran varios espíri-*
> *tus en forma de perros, y los persiguen, azuza-*
> *dos por* PRÓSPERO *y* ARIEL.

PRÓSPERO

¡Hala, hala, Titán!

ARIEL

¡Plata! ¡Por ahí, Plata!

PRÓSPERO

¡Furia, Furia! ¡Ahí, Sultán, ahí! ¡Hala, hala!

> [CALIBÁN, ESTEBAN *y* TRÍNCULO *salen perse-*
> *guidos.*]

Haz que los duendes les muelan los huesos
con fuertes convulsiones, contraigan sus músculos

con lentos espasmos y, de tanto pellizcarles,
los dejen con más manchas que un leopardo.
ARIEL
Oye cómo aúllan.
PRÓSPERO
Que los persigan sin tregua. En este momento
todos mis enemigos están a mi merced.
Pronto acabarán mis trabajos, y tú
podrás gozar del aire en libertad.
Entre tanto, ven y sírveme.

Salen.

V.i   *Entran* PRÓSPERO, *vestido de mago, y* ARIEL.

PRÓSPERO
Mi plan ya se acerca a su culminación.
Mis hechizos no fallan, obedecen mis espíritus
y el tiempo avanza derecho con su carga. ¿Qué hora es?
ARIEL
Las seis; la hora, señor, en que dijiste
que cesaría nuestra labor.
PRÓSPERO
Eso dije cuando desaté la tempestad.
Dime, espíritu, ¿cómo están el rey y su séquito?
ARIEL
Agrupados del modo que ordenaras,
tal como los dejaste; todos prisioneros
en el bosque de tilos que resguarda tu celda.
No pueden moverse mientras no los liberes.
El rey, su hermano, el tuyo, los tres
están trastornados, y los demás les lloran
desbordantes de pena y desánimo, sobre todo
el que llamabas «el buen anciano Gonzalo»:
por su barba corren lágrimas cual lluvia

sobre un techo de paja. Tan hechizados están
que, si los vieras, te sentirías conmovido.

PRÓSPERO

¿Eso crees, espíritu?

ARIEL

Así me sentiría si fuese humano.

PRÓSPERO

Y yo he de conmoverme. Si tú,
que no eres más que aire, has sentido
su dolor, yo, uno de su especie, que siento
el sufrimiento tan fuerte como ellos,
¿no voy a conmoverme más que tú?
Aunque sus agravios me hirieron en lo vivo,
me enfrento a mi furia y me pongo del lado
de la noble razón. La grandeza está en la virtud,
no en la venganza. Si se han arrepentido,
la senda de mi plan no ha de seguir
con la ira. Libéralos, Ariel.
Desharé el hechizo, les restituiré el sentido
y volverán a ser ellos.

ARIEL

Voy a traerlos, señor.

Sale.

PRÓSPERO

¡Elfos de los montes, arroyos, lagos y boscajes
y los que en las playas perseguís sin huella
al refluyente Neptuno y le huís
cuando retorna! ¡Hadas que, a la luna,
en la hierba formáis círculos [45], tan agrios
que la oveja no los come! ¡Genios, que gozáis

---

[45]   Se creía que un círculo de hierba más oscura y espesa en medio de un
prado era obra de las hadas.

haciendo brotar setas en la noche y os complace
oír el toque de queda, con cuyo auxilio,
aunque débiles seáis, he nublado
el sol de mediodía, desatado fieros vientos
y encendido feroz guerra entre el verde mar
y la bóveda azul! Al retumbante trueno
le he dado llama y con su propio rayo he partido
el roble de Júpiter. He hecho estremecerse
el firme promontorio y arrancado de raíz
el pino y el cedro. Con mi poderoso arte
las tumbas, despertando a sus durmientes,
se abrieron y los arrojaron [46]. Pero aquí abjuro
de mi áspera magia y cuando haya, como ahora,
invocado una música divina
que, cumpliendo mi deseo, como un aire
hechice sus sentidos, romperé mi vara,
la hundiré a muchos pies bajo la tierra
y allí donde jamás bajó la sonda
yo ahogaré mi libro.

> *Música solemne.*
> *Entra* ARIEL. *Le siguen* ALONSO, *con gesto demente, acompañado de* GONZALO, *y* SEBASTIÁN *y* ANTONIO, *de igual modo, acompañados de* ADRIÁN *y* FRANCISCO. *Entran todos ellos en el círculo que ha trazado* PRÓSPERO *y en él quedan hechizados.* PRÓSPERO *lo observa y habla.*

Que la música solemne, el mejor alivio
para una mente alterada, te cure el cerebro
que ahora, inútil, te hierve en el cráneo. —
Quedaos ahí: os retiene un sortilegio. —

---

[46]   Esta invocación está basada en la de Medea, según el libro séptimo de las *Metamorfosis* de Ovidio.

Bondadoso Gonzalo, hombre digno,
mis ojos, dolidos de ver los tuyos,
comparten tu llanto. Ya el hechizo se deshace
y, así como el alba se insinúa en la noche
y desvanece la tiniebla, así, al despertar,
los sentidos dispersan la ignorancia
que nubla su razón. ¡Ah, buen Gonzalo,
mi salvador y caballero fiel
de tu señor! Te pagaré tu bondad
con palabras y con hechos. — Alonso,
cruel trato nos diste a mi hija y a mí
con tu hermano como cómplice. — Sebastián,
ahora padeces por ello. — A ti, mi hermano,
mi carne y mi sangre, que, ciego de ambición,
desechaste compasión y sentimientos
y con Sebastián (cuyo pesar es ahora tan fuerte)
habrías matado al rey, yo te perdono,
aunque seas inhumano. — Su entendimiento
ya empieza a crecer, y la inminente marea
cubrirá la orilla de su juicio,
ahora fangosa e inmunda. Todavía
ninguno me ve ni me conoce. Ariel, tráeme
el sombrero y la espada de mi celda.

[*Sale* ARIEL *y vuelve de inmediato.*]

Me quitaré el manto y me mostraré
como el Duque de Milán que fui. Pronto, espíritu,
que enseguida serás libre.

ARIEL *canta y le ayuda a vestirse.*

[ARIEL]
              Cual abeja libo yo.
              Acostado en una flor
              oigo del búho la voz,

>				y en murciélago veloz
>				vuelo buscando el calor.
>				Ahora yo, alegre, contento, a placer,
>				bajo el árbol en flor viviré[47].

PRÓSPERO

>	¡Primoroso Ariel! Te echaré de menos,
>	aunque te daré libertad. Muy bien, así[48].
>	Ve, invisible como ahora, al navío del rey.
>	Verás a los marineros dormidos
>	bajo cubierta. En cuanto despierten
>	el capitán y el contramaestre, tráelos aquí;
>	y deprisa, te lo ruego.

ARIEL

>	Me bebo el aire y retorno
>	antes que el pulso te lata dos veces.

>			*Sale.*

GONZALO

>	Aquí habitan tormento, aflicción, asombro
>	y espanto. ¡Que un poder divino nos saque
>	de este terrible país!

PRÓSPERO

>	Mirad, rey, a Próspero, el agraviado
>	Duque de Milán. Para probar que es un príncipe
>	vivo quien os habla, dejad que os abrace
>	y dé mi bienvenida cordial
>	a vos y a vuestro séquito.

ALONSO

>	Si sois o no Próspero, o me engaña
>	como antes algún efecto mágico,
>	no sé. El pulso os late como a un hombre

---

[47]	Sobre esta canción véanse nota y partitura en el Apéndice, págs. 139 y 141-142.

[48]	Recuérdese que Ariel le está ayudando a vestirse.

y, desde que os he visto, se ha curado
el trastorno mental que me aquejaba.
Si es real, encierra alguna historia prodigiosa.
Os restituyo el ducado y os suplico
que perdonéis mi ofensa. Mas, ¿cómo es
que Próspero está vivo y vive aquí?

PRÓSPERO [*a* GONZALO]
Primero, noble amigo, permitidme
abrazar vuestra vejez, cuya honra
es inmensa e infinita.

GONZALO
Si esto es real o no lo es,
no podría jurarlo.

PRÓSPERO
Aún os queda el gusto a algunas
exquisiteces de la isla, que os impiden
creer en lo real. ¡Amigos, bienvenidos todos!
[*Aparte a* SEBASTIÁN *y* ANTONIO] En cuanto a vosotros,
mi noble pareja, si quisiera, haría caer
la ira del rey contra los dos al demostrar
vuestra perfidia. Mas ahora no voy a acusaros [49].

SEBASTIÁN [*aparte*]
El diablo habla por él.

PRÓSPERO
[*aparte a* SEBASTIÁN] ¡No!
[*A* ANTONIO] A ti, ser perverso, a quien llamar hermano
infectaría mi lengua, te perdono
tu peor maldad, todas ellas, y te exijo
mi ducado, que por fuerza
habrás de devolverme.

ALONSO
Si sois Próspero,
contadnos cómo os salvasteis, cómo

---

49   De haber atentado contra la vida del rey Alonso.

nos habéis hallado a los que hace tres horas
naufragamos junto a estas riberas, donde
yo he perdido (¡doloroso recuerdo!)
a mi querido hijo Fernando.

PRÓSPERO

Me apena oírlo, señor.

ALONSO

La pérdida es irreparable, y la paciencia
no puede remediarlo.

PRÓSPERO

Sospecho que no habéis buscado su ayuda.
De su dulce bondad yo he recibido
auxilio supremo en semejante pérdida,
y estoy consolado.

ALONSO

¿Vos una pérdida semejante?

PRÓSPERO

Tan grande y tan reciente. Y para soportar
mi triste pérdida, mis medios son más débiles
que vuestro posible consuelo, pues yo
he perdido a mi hija.

ALONSO

¿Una hija? Ojalá viviesen
en Nápoles los dos como rey y reina.
Si así fuese, contento yacería
en el fondo cenagoso en que reposa
mi hijo. ¿Cuándo perdisteis a vuestra hija?

PRÓSPERO

En la reciente tempestad. Veo que a estos señores
les asombra tanto nuestro encuentro
que les sorbe la razón, y apenas creen
la verdad de sus ojos o el sonido
de las voces. Mas por muy turbados
que tengan los sentidos, no dudéis
que soy Próspero, aquel duque
expulsado de Milán que, tras llegar

de milagro a esta isla en que habéis naufragado,
se convirtió en su señor. Pero ya basta,
pues es relato para un día y otro día,
y no para un desayuno, ni conviene
a un primer encuentro. Señor, bienvenido.
Esta celda es mi palacio. Sirvientes tengo pocos;
súbditos, ninguno. Os lo ruego, mirad dentro.
Pues me habéis devuelto mi ducado,
yo os pagaré con algo igual de bueno,
u os mostraré al menos un prodigio
que, cual a mí el ducado, os regocije.

> PRÓSPERO *muestra a* FERNANDO *y* MIRANDA *jugando al ajedrez*[50].

MIRANDA
Mi señor, me haces trampa.
FERNANDO
No, mi amor, no lo haría ni por todo el mundo.
MIRANDA
Sí, y lo harías por ganar veinte reinos,
mas yo lo llamaría juego limpio.
ALONSO
Si esto es otra ilusión de la isla,
a un hijo amado perderé dos veces.
SEBASTIÁN
¡Excelso milagro!
FERNANDO
Aunque los mares amenacen, son clementes.
Los maldije sin motivo.
ALONSO
¡Vayan contigo todas las bendiciones
de un padre feliz! Levántate y dime
cómo has llegado hasta aquí.

---

50 Seguramente, descorriendo una cortina.

MIRANDA

 ¡Oh, maravilla!

 ¡Cuántos seres admirables hay aquí!

 ¡Qué bella humanidad! ¡Ah, gran mundo nuevo

 que tiene tales gentes!

PRÓSPERO

 Es nuevo para ti.

ALONSO

 ¿Quién es la muchacha con quien jugabas?

 Ni tres horas hará que la conoces.

 ¿Es la diosa que nos ha separado

 y ahora nos reúne?

FERNANDO

 Señor, es mortal,

 pero, por voluntad divina, es mía.

 La elegí cuando no podía pedirle consejo

 a mi padre, ni ya creía tenerlo.

 Es la hija de este príncipe, el Duque de Milán,

 de quien tanto sabía por su fama,

 mas nunca había visto, y que me ha dado

 una segunda vida. Ahora esta dama

 le convierte en mi segundo padre.

ALONSO

 Y a mí de ella. ¡Qué extraño ha de sonar

 que le pida perdón a mi hija!

PRÓSPERO

 Ya basta, señor.

 No carguemos ya más nuestro recuerdo

 con un dolor pasado.

GONZALO

 Yo he llorado por dentro,

 que, si no, habría hablado. Mirad, dioses,

 y coronad de dicha a esta pareja,

 pues vosotros trazasteis el camino

 que nos ha traído aquí.

ALONSO

Así sea, Gonzalo.

GONZALO

¿El duque fue expulsado de Milán para que
sus descendientes reinasen en Nápoles?
¡Ah, alegraos sobremanera y con letras
de oro inscribid esto en columnas inmortales!:
«En un viaje, Claribel halló marido en Túnez
y Fernando, su hermano, halló esposa
donde estaba perdido; Próspero, su ducado
en una pobre isla, y todos a nosotros mismos
cuando nadie era dueño de sí».

ALONSO [*a* FERNANDO *y* MIRANDA]

Dadme las manos.
¡Que un dolor se apodere del alma
que no os desee dicha!

GONZALO

Así sea.

> *Entra* ARIEL, *con el* CAPITÁN *y el* CONTRA-
> MAESTRE *siguiéndole asombrados.*

¡Ah, mirad, señor, mirad! ¡Más de los nuestros!
Profeticé que si en tierra había un patíbulo
éste no se ahogaría[51]. — Tú, que blasfemando
echabas por la borda la gracia divina,
¿no juras en tierra? ¿Estás mudo? ¿Traes noticias?

CONTRAMAESTRE

La mejor es haber hallado a salvo
al rey y a su séquito; después, que nuestra nave,
que hace tres horas creíamos deshecha,
está entera, a punto, y tan bien aparejada
como cuando zarpamos.

---

[51] Véanse pág. 42 y nota 2.

ARIEL [*aparte a* PRÓSPERO]
 Señor, he hecho todo esto desde que te dejé.
PRÓSPERO [*aparte a* ARIEL]
 ¡Mi vivo espíritu!
ALONSO
 Estos hechos no son naturales, y todo es
 cada vez más prodigioso. Dime, ¿cómo has venido?
CONTRAMAESTRE
 Señor, si creyera estar bien despierto,
 intentaría contarlo. Dormíamos como muertos
 y, no sé cómo, metidos bajo cubierta,
 donde ahora mismo nos despiertan extraños
 rugidos, gritos, alaridos, traqueteo
 de cadenas y gran variedad de ruidos,
 todos espantosos. Libres al momento
 y del todo indemnes, vemos que está intacto
 nuestro regio y hermoso navío, y el capitán
 salta de alegría. Y creedme, al instante,
 como en un sueño, nos separan de los otros
 y nos traen aquí aturdidos.
ARIEL [*aparte a* PRÓSPERO]
 ¿Lo hice bien?
PRÓSPERO [*aparte a* ARIEL]
 De maravilla, diligente. Serás libre.
ALONSO
 ¿Quién ha entrado en laberinto semejante?
 Todo esto lo ha guiado algo más
 que la naturaleza. Algún oráculo
 nos dará una recta explicación.
PRÓSPERO
 Majestad, no turbéis
 vuestro ánimo insistiendo en lo extraño
 de este asunto. Escogeremos el momento,
 que será pronto, y a solas os explicaré,
 con todo fundamento, cada uno
 de los sucesos acaecidos. Mientras,

alegraos y pensad bien de todos ellos. —
[*Aparte a* ARIEL] Ven, espíritu. Libera a Calibán
y sus compinches. Deshaz el hechizo.

      Sale ARIEL.

¿Estáis bien, señor? Aún quedan
de los vuestros algunos tipos raros
que no recordáis.

      Entra ARIEL, *empujando a* CALIBÁN, ESTEBAN y
      TRÍNCULO, *vestidos con las prendas robadas.*

ESTEBAN
Cada cual por los demás y nadie a lo suyo, que todo es la
suerte. *¡Coraggio,* buen monstruo, *coraggio!*
TRÍNCULO
Si mis faros no me engañan, lo que veo es estupendo.
CALIBÁN
¡Ah, Setebos! ¡Qué hermosos espíritus!
¡Y cómo viste mi amo! Me temo
que va a castigarme.
SEBASTIÁN
¡Ja, ja! ¿Quiénes son éstos, Antonio?
¿Se compran con dinero?
ANTONIO
Seguramente. Uno de ellos
es bien raro y, sin duda, muy vendible.
PRÓSPERO
Señores, ved la librea de estos hombres
y decid si son honrados. Y este contrahecho
tenía por madre a una bruja poderosa
que dominaba la luna, causaba el flujo
y el reflujo, y la excedía en poderío.
Los tres me han robado, y este semidiablo,
pues es bastardo, tramó con ellos

quitarme la vida. A estos dos los conocéis,
pues son vuestros; este ser de tiniebla es mío.

CALIBÁN
Me pellizcarán hasta la muerte.

ALONSO
¿Éste no es Esteban, el despensero borracho?

SEBASTIÁN
Borracho sí está. ¿De dónde sacó el vino?

ALONSO
Y Trínculo está para dar vueltas.
¿Dónde habrán hallado el elixir que los transmuta? —
¿Tú cómo te has metido en este enjuague?

TRÍNCULO
Tanto me he enjuagado desde la última vez que os vi, que
me he empapado hasta los huesos. En esta salmuera estaré
bien conservado.

SEBASTIÁN
¿Cómo estás, Esteban?

ESTEBAN
No me toquéis. No soy Esteban; soy un calambre.

PRÓSPERO
¿Y tú querías ser el rey de la isla?

ESTEBAN
Habría sido un dolor de rey.

ALONSO [*indicando a* CALIBÁN]
Es el ser más extraño que he visto.

PRÓSPERO
Y tan deforme en su conducta
como lo es en su figura. — Tú, vete a mi celda
y llévate a tus compinches. Si esperas
mi perdón, déjala bien arreglada.

CALIBÁN
Sí, lo haré. Y seré más sensato,
y pediré clemencia. — ¡Si fui tonto de remate
al tomar a este borracho por un dios
y adorar a este payaso!

PRÓSPERO
    ¡Vamos, en marcha!
ALONSO
    ¡Fuera, y dejad esos trapos donde los encontrasteis!
SEBASTIÁN
    O más bien robasteis.

[*Salen* CALIBÁN, ESTEBAN *y* TRÍNCULO.]

PRÓSPERO
    Señor, os invito a vos y a vuestro séquito
    a mi celda, donde descansaréis
    por esta noche, parte de la cual emplearé
    en contaros lo que creo que la hará
    pasar muy pronto: la historia de mi vida
    y los distintos sucesos que acaecieron
    desde que llegué a esta isla. Por la mañana
    os llevaré a vuestro navío, y después,
    a Nápoles, donde espero ver celebradas
    las bodas de nuestros amados hijos;
    de allí pienso retirarme a Milán, donde
    una de cada tres veces pensaré en mi tumba.
ALONSO
    Anhelo oír vuestro relato; sin duda
    sonará asombroso.
PRÓSPERO
    Os lo contaré todo,
    y os prometo mar en calma, vientos propicios
    y tan pronta travesía que alcanzaremos
    a la flota real, ahora distante. —
    Mi Ariel del alma, encárgate. Después,
    sé libre en el aire y adiós. — Dignaos entrar.

Salen todos [*menos* PRÓSPERO].

EPÍLOGO

PRÓSPERO
    Ahora magia no me queda
    y sólo tengo mis fuerzas,
    que son pocas. Si os complace,
    retenedme aquí, o dejadme
    ir a Nápoles. Con todo,
    si ya el ducado recobro
    tras perdonar al traidor,
    no quede hechizado yo
    en la isla, y de este encanto
    libradme con vuestro aplauso.
    Vuestro aliento hinche mis velas
    o fracasará mi idea,
    que fue agradar. Sin dominio
    sobre espíritus o hechizos,
    me vencerá el desaliento
    si no me alivia algún rezo
    tan sentido que emocione
    al cielo y excuse errores.
    Igual que por pecar rogáis clemencia,
    libéreme también vuestra indulgencia.

                    Sale.

APÉNDICE

NOTAS COMPLEMENTARIAS

1 *(pág. 9):*
La comparación entre LA TEMPESTAD y *La flauta mágica* no es tan caprichosa como pudiera parecer, y la relación entre ambas ya se ha observado anteriormente. Por citar un ejemplo, el célebre crítico canadiense Northrop Frye, en su *A Natural Perspective* (New York, 1965, pág. 25) señalaba que cuando buscamos los paralelos más notables con *Noche de Reyes* [*Twelfth Night*] o LA TEMPESTAD, enseguida pensamos en *Las bodas de Fígaro* y *La flauta mágica.*

Sin embargo, no se trata sólo de paralelos generales. Sin forzar la comparación entre obras tan distintas en su género y medio expresivo, podemos apreciar elementos semejantes entre LA TEMPESTAD y *La flauta mágica* tal como aparecen en el libreto de Schikaneder que usó Mozart. En ambas hay una historia de amor vigilado y dirigido por un mago que aspira a la sabiduría (Próspero y Sarastro, respectivamente) y que impone al joven amante un rito iniciático (como tal han llegado a considerarse los trabajos a que Próspero somete a Fernando). Si Sarastro representa a un gran maestre de logia masónica, a Próspero se le ha visto, no ya como mago neoplatónico, sino incluso como oficiante de misterios eleusinos.

Es curioso que Sarastro también se asemeje a Próspero en algunos aspectos negativos. Ambos muestran rasgos antifeministas y se sirven de esclavos: Sarastro tiene a Monostatos, un moro cuya alma, según él, es tan negra como su piel y al que somete a castigos corporales. Por cierto que Monostatos es sensible a la música y pretende violar a Pamina. ¿No recuerda demasiado a Calibán? Y la actitud de Sarastro con su esclavo, ¿no se parece a la de Próspero con Calibán?

Con todo esto no se quiere decir que el libreto de *La flauta mágica* proceda de LA TEMPESTAD (parece claro que deriva de la ópera *Oberón* de Wranitzky, de la obra teatral *Thamos* de Tobias Phillip von Gebler y del cuento *Lulú o la flauta mágica* de Christoph Wieland), sino que los paralelos entre ambas remiten a unas analogías de origen folclórico y mitológico como las que pueden observarse entre LA TEMPESTAD y algunas de sus supuestas fuentes argumentales (véanse al respecto págs. 10-12).

2 *(pág. 41):*

El barco es sorprendido por la tormenta cuando navega cerca de la isla y, llevado por el viento hacia la costa, corre peligro de encallar. Sin entrar en todos los detalles, el fin de las maniobras que se disponen en esta escena es mantener el barco a distancia de la isla e incluso alejarlo de ella. La primera orden será la de arriar la vela más alta (gavia), que lógicamente es la que ofrece más resistencia al viento, para evitar que el barco caiga a sotavento y, por tanto, sea empujado hacia la costa. Por ahora aún están a cierta distancia de ella y, al parecer, tienen espacio para maniobrar, por lo que el contramaestre se permite desafiar al viento.

No obstante, como el barco sigue acercándose a la isla, el contramaestre dará dos nuevas órdenes: la primera, «calar el mastelero», es decir, bajar este palo menor deslizándolo a lo largo del mayor sobre el que va colocado, con el fin de aligerar la arboladura; la segunda, «capear» con la vela mayor, es decir, maniobrar con poco aparejo para que, a pesar de la fuerza del viento, el barco quede casi parado, avance lentamente y, en definitiva, no sea llevado hacia tierra. Como esta medida no da resultado, el contramaestre ordenará después «ceñir» (el viento), es decir, navegar de modo que la quilla forme el menor ángulo posible con la dirección del viento para intentar alejarse de la isla y dirigirse «mar adentro». Para esta maniobra el contramaestre ordena largar una segunda vela, seguramente el trinquete o vela de proa. Sin embargo, tampoco esta medida surtirá efecto, y el barco será empujado hacia la costa.

Como se ha observado, Shakespeare demuestra conocer o haberse informado bien de las maniobras apropiadas a una situación de peligro como la que se presenta en esta escena.

3 *(pág. 51):*

En el original de 1623 figura *Princesse,* que Kermode y Barton leen *princess'* y *princess* en sus respectivas ediciones; es decir, «princesas» (Kermode lo hace posesivo = «[el/la] de princesas»). Ésta ha sido la lectura moderna habitual, y así se ha venido traduciendo. Pero tanto Wells y Taylor en su edición para las *Complete Works* de Oxford University Press como Orgel en la suya individual para la misma editorial argumentan convincentemente que el original refleja la ortografía habitual del copista Ralph Crane y que debe leerse *princes* («príncipes», incluso en el sentido genérico de «príncipes y princesas»). Esta lectura es la adoptada por Mowat y Werstine en su edición Folger de 1994.

4 *(pág. 70):*

Este diálogo puede explicarse atendiendo a: (1) las referencias a Dido y Eneas; (2) la confusión entre Túnez y Cartago; y (3) la relación entre estos dos aspectos.

El mito de Dido y Eneas se conoció especialmente por la *Eneida* de Virgilio, quien partió de una versión anterior de la leyenda de Dido. En ésta se relaciona a Dido con una migración fenicia y su posterior asentamiento en el norte de África, donde fundó Cartago. Dido había quedado viuda porque su esposo Siqueo había muerto a manos del codicioso Pigmalión, que es lo que motivó su huida de Tiro y su nueva vida en África. Eneas también era viudo, ya que su esposa Creúsa murió en la caída de Troya. Fue entonces cuando, según Virgilio, Eneas se dirigió a

Italia y sufrió la tempestad (con la que se inicia la *Eneida)* que le
llevó a Cartago y a su amor con Dido. Después abandonó a ésta
y llegó a Italia, donde fundó la ciudad de Lavinio.

Por lo que hace a la confusión de Túnez con Cartago, Gonzalo desde luego se equivoca al identificarlas. Sin embargo, su
error no es tan grande si tenemos en cuenta que Túnez está
sólo a unos quince kilómetros de la antigua Cartago y que, tras
la destrucción de ésta por los árabes a finales del siglo VII,
pasó a sustituirla como centro político y comercial de la zona.

En este diálogo de LA TEMPESTAD estos dos aspectos aparecen inconexos, aunque de hecho están relacionados: Dido era
fundadora y reina de Cartago. Pero hay más: en el marco de la
obra, Claribel, la nueva reina de Túnez, ofrece un paralelo con
Dido, y el viaje de Alonso y su séquito de Túnez a Nápoles recuerda al de Eneas de Cartago a Italia. Dido y Eneas eran fun-
dadores de ciudades, lo que, en el contexto de LA TEMPESTAD y
de esta escena, nos muestra el modo como Shakespeare relaciona la nueva colonización americana con las antiguas del norte
de África y de Italia, con todo lo que ello implicaba (véase Introducción, págs. 14-15). A su vez, los mencionados elementos de
la *Eneida* también hacen pensar en la influencia más o menos in-
directa que pudo ejercer en Shakespeare la obra de Virgilio.

5 *(pág. 110):*

La palabra original, según el texto de 1623, puede leerse
wise (sabio) o *wife* (esposa). Sin embargo, J. A. Roberts (en su
«"Wife" and "Wise" – *The Tempest* 1.1786», *Studies in Bi-
bliography,* 31, 1978, págs. 203-208) muestra que en el proceso de impresión del texto de 1623 se rompió la raya de la
efe en *wife,* por lo que en muchos ejemplares del texto la efe
parece una ese larga y la palabra se lee erróneamente como
wise. Las ediciones más recientes de Orgel y de Mowat y
Werstine adoptan la lectura *wife.* Kermode había optado por
wise, pero también admitía la otra posibilidad.

LAS CANCIONES DE *LA TEMPESTAD*

La música tiene una fuerte presencia en las últimas obras de Shakespeare, especialmente en LA TEMPESTAD, y trabajos como los de Nosworthy y de Simonds demuestran su significación. En cuanto a las canciones de la obra, sólo se conservan dos que parecen haberse utilizado en las primeras representaciones. Ambas figuran en la colección de John Wilson *Cheerful Ayres or Ballads,* de 1659, que las atribuye a Robert Johnson, compositor de la corte y de los teatros públicos. Las transcripciones que se ofrecen a continuación, preparadas por Javier Artigas, se atienen al original y, por tanto, reproducen el acompañamiento.

1. **«Full fathom five»** (I.ii, pág. 61)
[«Yace tu padre...»].

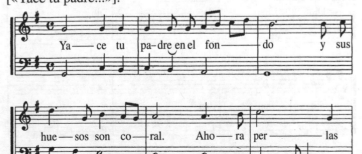

Din, don, din, don, dan.

Din, don, din, don, dan.

2. «Where the bee sucks» (V.i, págs. 120-121)
[«Cual abeja...»].

Cual a–be–ja li—bo yo. A–cos–ta do en u–na flor oi—go del bú– ho la voz, y en mur– cié–la—go ve–loz vue—lo bus—can–do el ca–

lor.————   Aho–ra yo a–le-gre con–ten-to a pla-cer

ba—jo el ár—bol en   flor vi—vi—ré.

Aho—ra   yo a—le—gre con—   ten—to a pla—cer

ba—jo el ár—bol en   flor vi—vi—ré.